LOCUS

catch

catch your eyes；catch your heart；catch your mind……

Catch 235

浮世澡堂

浮世風呂

式亭三馬　著

周作人　譯

洪福田　繪

編輯：連翠茉

校對：呂佳真

美術設計：許慈力

出版者：大塊文化出版股份有限公司

台北市 105 南京東路四段 25 號 11 樓

www.locuspublishing.com

讀者服務專線：0800-006689　TEL：(02) 87123898

FAX：(02) 87123897

郵撥帳號：18955675

戶名：大塊文化出版股份有限公司

e-mail:locus@locuspublishing.com

法律顧問：董安丹律師、顧慕堯律師

總經銷：大和書報圖書股份有限公司

地址：新北市新莊區五工五路 2 號

TEL：(02) 89902588（代表號）　FAX：(02) 22901658

初版一刷：2018 年 3 月

定價：新台幣 350 元

ISBN 978-986-213-872-4

Printed in Taiwan

浮世澡堂

式亭三馬 著
周作人 譯
洪福田 繪

〔推薦一〕

日本笑話本　浮世人間像

（實踐大學應用日文系助理教授）
蔡亦竹

日文裡的「笑い」，其實是種高度文化。

笑其實是人類的本能，不管任何種族或是文化下成長的人們，都可以經由「笑」這種最原始的臉部表情，表達自己的愉悅和善意。雖然也有學說指出「笑」的露齒表情是從原始人類的威嚇動作演化出來的，但對現在的文明人來說，笑容代表的就是開心和喜悅，還有感情的共有。

雖然笑是本能，但是引人莞爾的笑料和笑點可就隨著國家和地域不同而大相徑庭了。相信很多朋友都有過看日本綜藝節目裡觀眾和來賓笑成一團，但是自己在電視前卻從頭到尾搞不清楚笑點在哪的經驗。因為讓人發笑需要技術、需要幽默感，而幽默感又必須建立在雙方具有共同文化累積的前提上。就像日本笑匠三巨頭的田毛利（タモリ）、明石家秋刀魚、北野武在台灣知名度不高，是的，你或許知道北野武是有名的導演，就像歐美所認識的「世界 の KITANO」一樣，但是他的本職是搞笑藝人，至今仍常常穿著各種奇怪的布偶裝出來主持節目。而他本人也自認「ビートたけし」（北野武作為搞笑藝人的藝名）才是他真正的「身分」。但是北野武作為搞笑藝人的元素，卻沒有像他作為導演的藝術元素般廣為台灣人所知。同樣在日本極負盛名的志村健在台灣卻是幾乎家喻戶曉。原因就在於志村式的搞笑常訴諸於直覺的狗吃屎、大臉盆或是怪叔叔甚至下流梗，而上述三位的幽默則是需要對日本文化有一定認識，田毛利主打的是大叔風格的成年白爛風，明石家擅長關西流的話術，而北野武則是典型東京「下町」庶民式的搞笑。

綜合以上，要理解日本式的幽默，其實對於日文的構造和風土民情需要有一定程度的理解。否則我們就真的只能停留在欣賞純白爛的胡搞瞎搞——雖然這些我們看來是胡搞瞎搞的大爆笑橋段，在日本其實也是經過精心設計和構築的藝術成果。我們當然不可能為了要看懂日本的搞笑節目就去精通日文，但是我們卻可以經由對日本許多資料，甚至古典的欣賞去接近日本的幽默之心。《浮世澡堂》和《浮世理髮館》就是兩本最好的參考書物。

從發祥自一千多年前平安時代的傳統藝能「狂言」起，日本的表演藝術中就一直有著「搞笑」這種元素存在。尤其是到了「三百年太平」的江戶時代，這種搞笑的血脈在表演藝術中被歌舞伎、人形淨琉璃等藝能繼承，更以「落語」這種類似單口相聲的高等說唱藝術的形式集其大成。而落語和另一種形態相近的傳統藝能「漫才」更是孕育出許多現代搞笑藝人的搖籃，前面提到的笑匠三巨頭裡，明石家秋刀魚就是命名自入門學習落語時代的師父，而北野武雖然出身漫才界，卻也在成名之後還以「立川梅春」這個落語家的身分公開演出過落語曲目。而搞笑精神發揮在文學上，就是以《浮世澡堂》和《浮世理髮館》代表的所謂「滑稽本」了。

當然，幽默感是會隨時代改變的。就算同為台灣人，我們現在去看四十年代的台灣喜劇電影，也說不定看不出笑點在哪裡。因為生活形態隨著改變，就像五十年後的人們可能無法理解，我們看到路上有人一邊騎車一邊用智慧型手機傳LINE，然後在十字路口和另一個三寶相撞飛出去還掉到資源回收車上有多麼好笑。那麼我們也不是日本人，又何必特別去看江戶時代寫成的滑稽本？理由很簡單，因為作為文字流傳下來的滑稽本，和作為表演藝術相傳至今的落語，其實是相輔相成的。滑稽本中的對白會使用如落語家般的幽默生動對話，而落語也常從滑稽本裡的有趣故事取材作為表演劇目。落語其實分為「創作落語」和「古典落語」，創作落語當然就是由落語家自由發揮才能編寫好笑的故事，但是古典落語則是有固定的腳本內容和題材。也就是說觀眾其實早就知道故事的結果，就看表演者的技術和人格特質來決定，是否能讓已經聽了同樣故事好幾次的觀眾們哈哈大笑了。這種存活於現代社會的傳統藝能，有興趣的朋友可以觀賞一部十多年前由長瀨智也和岡田准一主演的日劇《虎與龍》去更深入地瞭解。而古典落語的精髓，就是《浮世澡堂》和《浮世理髮館》裡的「熊公」、「隱居」、「土龍」等，有時犯蠢、但有時又充滿世間智慧和哲理的市井人物百態，這就是所謂的「浮世」美學。

總之，滑稽本就是現代日本搞笑哲學的始祖。而以浮世繪廣為人知的「浮世」概念，更是江戶時代太平盛世培養出來的平民哲學。江戶是當時世界最大的都市之一，在這個大都市裡生活的庶民們，一邊過著因身分制度而受限於自己出生背景、卻不必擔心因戰亂而流離的安定生活，一邊又因為日本的四季風情和佛教思想培養出來的無常觀，而發展出了稱為「粋」的美學。所謂的「粋」就是通曉人情世事並且洞察感情之精微，不管是思考或是言行都必須洗練而且帶有美感的哲學。這種聽起來似乎難以理解和實踐的精神，其實就是江戶庶民們的理想人生境界，勉強翻成華語就是「會心一笑」和「帥氣」的結合體。如果說得更白話，其實就是《深夜食堂》裡客人們與老闆間的互動交流。在木造房屋占建築物絕大比例，而把火災視為最恐怖災害的江戶，一般人是不允許在家中生火燒洗澡水的，所以只要是平民百姓，大家都得在澡堂袒裎相見。這種庶民生活中的必需行為，意外地與茶道一樣形成了「眾生平等」的美學，而理髮館則是當時人們聚集打屁之地。如果現代人為了和人交流和排解空虛而在深夜食堂集合，那麼江戶時代的人們則是在澡堂和理髮館裡看到庶民們的人生百態。

由式亭三馬這位庶民作家所寫、並由魯迅之弟周作人翻譯的《浮世澡堂》和《浮世理髮館》，就是上述精神的文學結晶。江戶時代雖然因為身分固定的關係而缺乏社會階層流動，但近三百年的和平卻也帶給日本史上少見的高生活水準。大都市江戶的庶民們除了忙於生活之外，印刷業的發達和驚人的平民識字率，也讓滑稽本這種當時或許不登大雅之堂的平民讀物得以流行，還在後世成為了瞭解日本平民文化和幽默傳統，甚至是日文演進的寶貴資料。所以對於日本文化有興趣的您，絕不可錯過這兩部記載了數百年前日本人喜怒哀樂的搞笑始祖經典。

〔推薦二〕

浮世江戶的時光旅行

（《旅飯》創辦人、《時代的風》作者）

工頭堅

有些人夢想中的旅行，是前往遙遠的天涯海角；又有些人的夢想旅行，則是前往某一個特定時空。拜交通發達之便，天涯海角容易抵達，反倒是已逝去的時代或風景，則是幾乎不可能「到達」了。

作為一個旅行者，常在各地的城市中行走，對於城市的空間環境，雖不敢說具備什麼太專業的眼光或觀點，但浮光掠影般的感受總還是有的。歐洲不少歷史名城，行走在巷弄之間，彷彿走進數百年不變的場景，那種時空重疊的錯覺，拓展了旅行這件事本身的空間侷限性，而與個人的閱讀和感受交融在一起，獲得了更多愉悅與驚喜。

曾有兩次機會與被譽為「東京學的第一人」的日本當代作家、文藝評論家川本三郎先生同桌共宴，作為對於東京這座城市富有感情與興趣的後輩小生，鼓起勇氣提問：「東京學」的定義究竟為何？結果先生的答案是，由於以「東京」為名的城市歷史仍嫌太短，如果真要話說從頭，則必須稱為「江戶東京學」才算完整。

今日走在東京街頭，看到的是高樓林立、巷弄密集的水泥叢林；但若說到江戶的歷史，很多日本戰國史迷，對於這一段應該都很熟悉了：德川家康被猴子關白「移封（貶）」到距離京都遙遠的江戶，勵精圖治、韜光養晦，最終西進擊敗豐臣勢力，一統天下，此舉也令關東（江戶）逐漸取代關西（京都、大阪），成為日本的政經中心。

但其實家康初到江戶，那是一片水鄉澤國的鳥地方。因為當時利根川和荒川等河流縱橫，遇雨氾濫，江戶城周邊基本是濕地。德川家前後花了一甲子，歷經數代，進行「利根川東遷事業」，打通上游，將川流引向東，至銚子注入太平洋。此舉把江戶由濕地化為硬土，更灌溉了房總半島的萬畝良田，奠定關東兵強馬壯、安居樂業的基礎。

東京的地形西高東低，然而現今建築密集，即使打開衛星地圖，也未必能看得出其中奧妙，但如果上網找到日本國土地理院製作的數位標高地形圖，便一目了然：在江戶城（也就是現在的皇居）以西，基本就是武藏野臺地的一部分，如果要細分，還可分為飯倉、三田、赤坂、青山、麻布、高輪、白金臺地……等小區域名稱，這也就是所謂的「山手」（山的方向）。

旅客熟悉的山手線，現今已是環繞東京中心部的環狀線，但十九世紀末興建的時候，初期僅是從北端的赤羽到南端的品川，由於途經的區域都集中在當時人口較稀少的臺地，便以山手線得名。作為旅人搭乘山手線那麼多年，心想整個環形區域不可能全都是「山手」啊，直到查詢初期歷史來看，才得以解心中之惑。

而既有「山手」，便有與其相對的「下町」，同樣地如果從標高地形圖來看，就會恍然大悟，當時的江戶城，蓋在臺地邊緣，居高臨下，威風凜凜；而其以東的區域，毫無疑問便是將軍腳邊的「城下町」了。儘管過去數百年，陸續化濕地為陸地、甚至填海造陸，東京的海岸線與江戶時代相較，已有極大的不同，但老城下町的範圍，看來基本還是集中在神田川畔、地勢稍微不太低窪的區域，從神田、馬喰町、淺草，再跨過隅田川，也就是現在的臺東和墨田這兩個區。

說起來不無可惜，由於東京在過去百年間，陸續受到地震與轟炸的災難洗禮，幾乎可說是一座在戰後重建的城市，想要尋訪江戶時代的街道風情，正如本文開頭的感嘆，多已隨光陰逝去。有一種方式是遠離城區，前往鄰縣以「小江戶」聞名的川越或佐原；或前往位於東京都西邊小金井市的江戶東京建築園，但那說到底畢竟是主題樂園式的復原或仿造，而非原地原味的生活場景。但如果想在「現地」尋訪昔日風情，似乎只能前往位於兩國的江戶東京博物館，透過館內的展示以及體驗活動，一窺當年江戶下町庶民的生活面貌。

理解地形的高低起伏，看過了博物館的動靜態展示，固然能對當年江戶的面貌有更清楚的概念，心中有了場景，然而在這場景中生活的人們，他們的日常、穿著、對話，仍無法憑空想像。於是只好從藝術作品當中去找尋。十七世紀到十九世紀浮世繪師，以他們的才華與觀察，留下了一幅幅反映當時江戶庶民生活面貌的精美作品，而其中最具代表性的人物，無疑是葛飾北齋。江戶東京博物館中的展示，也可看出不少由浮世繪中擷取的元素去復原。

所謂「浮世」，根據我查到的日文解釋，有「現代風」、「當世」的意思，但又帶點「好色」的意涵。或者應該說，原本「浮」這個字，有「浮氣」的用法，便是輕浮好色偷腥的代名詞；又如臺灣的外來組合語中，便有損人「浮浪貢」的稱呼（亦即現在一般說的噗攏共），亦是形容無所事事、遊手好閒之人。雖然聽起來似乎都不是什麼正面的評語，但卻不得不承認，這「浮世」的生活風格，又豈不是人們（或至少是我）心嚮往之、卻不敢為的處世態度？而那個浮浪的時代已然逝去，更增添幾番心下之憧憬。

近年由於東京晴空塔（Tokyo Sky Tree）在隅田川東岸之落成，帶動了墨田區「下町文藝復興」的風潮，更在兩國近鄰、開設了墨田北齋美術館，而關於北齋以及其女兒、也是浮世繪師的阿榮之故事，也陸續被改編為小說、動畫、電視影集，讓這些原本寄託於二次元想像的情懷，有了更加立體與現代感的呈現；如果能夠搭配與北齋同一時代的作家——式亭三馬的小說，則當時「江戶仔」的生活，更是活靈活現。至此，我心中尋尋覓覓的「江戶場景」，才終於真正得以完整。

下次到東京，別只沉醉於「山手」的五光十色與購物時尚，也來探望「下町」的老時光與人文風韻吧。

目錄

二編——女澡堂卷

卷上

早晨至午前的光景 141

卷下

後記

引言

式亭三馬的《浮世澡堂》與十返舍一九的《東海道徒步旅行》（原名《東海道中膝栗毛》），是日本江戶時代古典文學中「滑稽本」的代表著作。

日本文學自古代以至明治維新（一八六八年），照例分作三個大段落。其一是奈良平安時代。日本皇室政府初在奈良，至八世紀末遷都至平安，即現今西京，直至十二世紀末，這一段落以建都地方為名，這是王政時期，政治文化都在貴族階級的手裡，所以這一期又稱為貴族文學時代。當時發生和發達的文學最初是傳說歷史，長短和歌，隨後是散文日記傳奇，最有名的《源氏物語》五十四帖便是這時期的產品。其二是鎌倉室町時代。這時皇室仍在平安，可是經過平源兩家爭權內戰，政權下移，源賴朝推倒平氏，在鎌倉建立幕府，以將軍身分代行天皇職權，至十四世紀上半，經過南北之戰，足利尊氏立為將軍，幕府設在室町，直至十六世紀末才又改革。這四百年間發達的文學除和歌外，有講打仗的軍記物語，戲曲方面是謠曲和狂言，因為主權在於武人，所以稱為武士文學時代。其三照例以幕府所在地為名，即是江戶時代。德川家

康把幕府設在遠離京都的關東，避開貴族文化的薰染，又利用儒教鉗制思想，一般對於人民壓得更緊了，可是他一面又有辦法對付諸侯，制定「參覲交代」，分封在外的軍閥須得隔年到江戶來，給幕府辦事，這樣便免去了尾大不掉的弊害，在德川治下起不了內戰，這給將軍很大的安心，同時國內平靜，工商業發達，一般商民也抬起頭來了。民間富庶，固然也使幕府更有搜括的機會，可是經濟文化的實權逐漸落入平民手中，他們依據了自己文藝娛樂的需要，創造起來，所以這二百多年間政治最是反動專制，可是這卻是平民文學時代了。

關於江戶文學的內容，我們又得分開來說，因為這中間又要分作上方文學與江戶文學這兩節。平安是日本舊京，大阪也就在京都近旁，所以京阪方面與關東相對，稱作上方，即是上邊的意思。德川時期的商工業發展首先是在大阪，所以這上期的文藝差不多是由大阪的商民主持的。武士是統治階級，在政治上無論是怎麼的騎在平民頭上，但是到了手頭空乏，要想向商人通融，雖然表面還不見得肯低頭，可是商民卻要昂起頭來，對武士不大看得起了。大阪人的渾號至今叫作贅六，一說便是那時商人誇口的話，說武士的弓箭甲冑刀槍這六件物事，在他都是贅物，是一個例子。文藝上的改革是，由俳諧連歌發生了俳句，謠曲變成了淨琉璃，有近松門左衛門那樣的巨匠來擔任作劇，小說也由宮廷與戰場的物語變為浮世草子，即是社會小說，井原西鶴的聲名至今還獨一無二。但是江戶是幕府的所在地，雖然在京都人看來是東夷之類，卻也不客氣的繁盛起來，結果是接著上方興起了它獨自的文學藝術。戲劇於淨琉璃外興起了歌舞伎，繪畫則脫離了漢畫的派別，由浮世又平（即是口吃的又平）開創了浮世繪，自稱是大和繪師，詩歌方面不但完成了俳句，還由雜俳蛻化出來諷刺詩川柳，到現在都還有生命。小說方面不去繼承以前的系統，卻從頭搞起，從連環圖畫似的小冊子起首，造成了各式各樣的作品，總名叫作草雙紙，滑稽本就是其中的一種。

「草雙紙」這名稱看去很有點彆扭，據日本史家考究，說這該是「草草紙」。「草紙」古時常作書冊解，平安時代有著名的隨筆《枕草紙》，第一個「草」字意思是說粗糙的低級的，原意云婦孺所用的通俗書本，只因兩個「草」字碰在一起不太好，所以把第二個字改作同音的「雙」字了。這其中最先出來是所謂「赤本」，即是紅皮書，在十八世紀前後早已出現，內容差不多都是童話故事，以圖為主，空處寫幾句說明或說白，接著是「黑本」，書皮用黑色，加入些報仇打仗等材料，這是第一批。第二批是「青本」，本來是藍皮書，只因青中帶黃，所以又通稱「黃表紙」，這也是畫上加說，可是對象已由婦孺而轉向大人了。這類書的第一種是戀川春町的《金金先生繁華夢》，係借用盧生的黃粱夢故事的，上下兩冊，每冊五葉，圖各十面。黃表紙的特色是內容的解放，取材很廣，又一改以前黑本那種平鋪直敘的寫法，寫得更有曲折，而且運用詼諧機智，說得更有風趣，投合時代的嗜好。那時吉原遊里十分興旺。黃表紙有許多便專門寫那裡的情形，稱為「灑落本」。「灑落」本來是中國語，這裡

卻有漂亮時髦的意思，便是說敘述時髦人的，因為篇幅比較長了，把紙張放大一點，於是在形式上稱為「中本」，以別於那些小本子。從這灑落本裡省去了「花街柳巷的事情」，只留存那些詼諧材料，結果即成為「滑稽本」，翻過來偏重那些男女情事，又另成功了一種別的小說，這名為「人情本」。代表著作有為永春水的《梅曆》，春水原是三馬的門人，《梅曆》在近代一直禁止翻印，被當作江戶文學中淫書之一。比中本更大一點的有「合卷」，是三馬開始設計的，即是把從前的小本五冊合作一卷，發行二卷一部，便有以前十冊的分量，於發表長篇是很方便的。這之後又從合卷演化出「讀本」，成為專門閱讀的小說，圖畫只是繡像，成了附屬品，這是一個很大的變化，可以說已經脫出了赤本等的系統了。

江戶文學裡的小說一類，不去直接學中國明朝的成績，直截的搞起演義來，卻是從頭另起爐灶，這是特別的一點，同時又似乎和浮世繪的繪師相呼應，甘心自居於戲作，在名字上邊往往加上「江戶戲作者」的稱號，也是很有意義的。德川幕府標榜程朱的儒學，一味提倡封建的三綱道德，文藝方面也就自然著重勸懲主義，這是很順當的路子。江戶文人雖然不曾明白表示，但對於政府的文藝方針的不協力是很明顯的，自稱戲作，可以說是一種消極的抵抗吧。從這個意義上來看，《八犬傳》的作者曲亭馬琴雖是有名，雖是目空一世，但其價值比山東京傳或式亭三馬總還不及吧。

式亭三馬本姓菊地，名泰輔，抑或寫作太助，安永五年（一七七六）生於江戶，文政五年（一八二二）卒，年四十七。小時候在書店裡當徒弟，得閱讀當時小說書，二十歲時學寫黃表紙，以後大抵每年都有著作，據記錄所作約共有一百三十五部。

一、黃表紙及合卷，九十八種，

二、灑落本，五種，

三、中本（滑稽本在內），二十一種，

四、讀本，一種，

五、雜書，十種。

這些著作之中還以滑稽本為佳，其中《浮世澡堂》四編九卷及《浮世理髮館》三編六卷稱最，足為代表。

關於三馬個人，後世有不少記載，但頂寫得好，也該頂可信賴的，應推《浮世澡堂》四編末尾的一篇跋文，署名的金龍山人即是三馬的門人之一、後來以「人情本」出名的為永春水。其文曰：

「式亭主人者，予鳩車竹馬之友也。性素拙於言辭，平時茶話尤為遲鈍。故人稱為無趣的人，且是無話的人。賈客而是騷人，背晦而又在行，居在市中而自隱，身在俗間而自雅。語言不學江湖，妄吐之乎者也，形容不仿風流，絲毫都不講究。豪傑的結交，敬而遠之，時流的招待，辭而不到。既非陰物，亦非陽氣，不偏不倚，蓋是中通之好男子也。偶對筆硯，則滑稽溢於紙上，詼諧走於筆下。嗚呼，灑落哉，灑落哉！

大意[1]

竊惟教誨之捷徑，蓋無過於錢湯[2]者。其何故也？賢愚邪正，貧富貴賤，將要洗澡，悉成裸形，協於天地自然的道理，無論釋迦孔子，阿三權助，[3]現出誕生時的姿態，一切愛惜欲求，都霎地一下拋到西海裡去，全是無欲的形狀。洗清欲垢和煩惱，澆過淨湯，老爺與小的[4]都是分不出誰來的裸體，是以從生時的產湯至死時的浴湯[5]是一致的，晚間紅顏的醉客在洗早澡時也像是醒人。生死只隔一重，[6]嗚呼，人生良不如意哉。可是，不信佛的老人在進澡堂的時候也不知不覺的念佛，好色的壯漢脫了衣服，也按住前面，自知羞恥，獰猛的武士從頭上被淋了熱湯，也說這是在人堆裡，忍住性子，一隻臂膊上雕著眼睛看不見的鬼神的俠客，也說對不住，在石榴口[7]低下頭去，這豈不是錢湯之德麼？有心的人雖然有私，無心的湯則無有私。譬如有人在湯中放屁，湯則勃勃地響，忽然泛出泡來。嘗聞之，樹林中的矢二郎[8]那或者難說，凡為澡湯中的人，對於湯的意見可以不知慚愧麼？凡錢湯有五常之道焉。以湯溫身，去垢治病，消除疲勞，此即仁也。沒有空著的桶麼，不去拿別人的水桶，也不隨便使用留桶，[9]又或急急出空了借與，此則義也。是鄉下佬，是冷身子，[10]說對不住。或云你早呀，讓人先去，或云請安靜，請慢慢的，[11]此則禮也。用了米糠、洗粉、浮石、絲瓜絡去垢，用石子斷毛之類，[12]此則智也。說熱了加水，說涼了加熱湯，互相擦洗脊背，此則信也。在如此可貴的錢湯裡，凡是洗著澡的人，因了水船的升，淨湯的桶，[13]而悟得隨器方圓的道理，又如澡堂的地板那樣，自己的心也常要摩擦，不使長諸塵垢。人生一世五十年，[14]即使有兩回洗澡的人，也如澡堂的招貼所說，各人該有分別。[15]又如貼著的那樣，有一心不足的萬能膏，[16]雖然沒有給傻子搽的好藥，但是有走馬的千里膏，給予鞭打的交情的無二膏。[17]如將口中散翻轉過來，便是忠孝的妙藥，使得兩親的安神散，[18]對於煩惱小心火燭，有似澡堂所定的規則。[19]心裡如發起驕奢的風，家私就無論何時都要早收攤了。[20]五倫五體乃是天地所寄存，凡是攜帶貴重物品各位，因了酒色而神魂失落，與本店無涉，[21]從自己招來的禍祟，別人一切都不能管。名聲利欲的吵架爭論，喜怒哀樂的大呼小叫，均屬不可。[22]如不遵守此項文告，則來不及洗末次的澡，說是已經拔栓了，雖是後悔去咬手巾，[23]也是無益了。蓋世上人心等於澡堂的白蝨，在善惡之間容易移動，從權兵衛的布襖移到八兵衛的綢衫，從鄉下使女的圍裙移到大家妻女的美服上去。昨天一件小衫脫在席子上面，與今天的夾衣脫在衣架上相等，富貴貧賤在天，善惡邪正乃所自召也。善悟此意，則人家的意見正如早晨的澡湯似的，很能沁透自己身子裡去吧。一生的用心在於將身體收在包租的衣櫃[24]裡，靈魂上加了鎖，不要把六情鬧錯，堅守約束，神佛儒行會的司事蓋上牡丹餅大的印章云爾。[25]

維時文化六年己巳便於初春發兌，於戊辰重九動筆，照例趕寫，至後中秋吃芋頭，[26]乃成此屁似的小冊。

在石町的寓居
式亭三馬戲題

注釋：

1本書原名《浮世風呂》。出口氏注引山中翁共古說，「浮世」本作「憂世」，乃佛教用語，後乃利用同音字改為浮世，意云現世。但因浮世繪等名稱已經通行，所以不再改譯。風呂云原意乃是風爐，但現已訓作澡堂，不能沿用了。「大意」係原文如此，實在乃是小序，純用遊戲文章筆調，就澡堂裡事物，像煞有介事的大肆鋪張，一面學正經古文，誇張道德教訓，一面卻多用詼諧語，引人發笑，這是當時的一種風氣，後世讀者或者覺得單調也未可知，那麼也可略去，或讀至終卷後再看亦可吧。

2錢湯今用原文，意思也即是澡堂，只是原意略有不同。十六世紀末始通行錢湯，每人價永樂錢一文，故名。本書中已需要小錢十文，但仍襲用錢湯的名字，這與風呂及御湯二名通用。

3阿三代表使女，權助代表僕人。後者係通常人名，有如張三李四，阿三則別有來源，因貴家使女分有數等，有大奧、次、三凡三等，阿三係管理廚房湯水等雜役，地位最低，乃成為一般女僕的名稱云。

4原文云「折助」，也是男僕的別稱，今與上文老爺相對，所以意譯為「小的」。

5原文云「湯灌」，謂用湯洗灌，灌字與灌佛字有關，蓋是古語，日本限用於歿前的浴屍。

6醉客應云紅臉，這裡說紅顏，乃是應用蓮如上人的《白骨文》中朝為紅顏，夕成白骨之語。又昔時有俗歌，說陳列的剝製老虎云：老虎衝過千里的叢林，障紙只隔一重，真不如意呀！這裡利用「障紙」同音語「生死」改寫，是遊戲文章的一樣手法。

7見前編卷上注31。

8童謠中有云：說誑的彌二郎，在樹林中放個屁。本文中說矢二郎，蓋因同音改寫了。

9見前編卷上注21。

10見前編卷上注32及注33。

11此係先洗畢出去時的招呼語，猶中國的請慢走。

12洗粉係古時澡豆的遺法，用穀類的粉加香料，裝入布袋內，可代肥皂。絲瓜絡亦用以去垢。石子係舊時風氣，今已不見，乃是用二小石相敲，截斷陰毛，云較用剪刀為勝。浮石見前編卷下注120。

13淨湯見前編卷上注13。水船則是乾淨的冷水，供人取用，但不得使用洗浴的小桶，淨湯用圓桶，水船則用升，係方形者。

14人生一世五十年，係佛教徒慣用語，這裡故意纏夾，拉扯到兩回洗澡上去。

15兩回洗澡，據出口氏注引山中翁說，舊時工人習慣，早上進澡堂一浴，洗臉後即出，至晚間再洗一回。這種人大抵早晨不給錢，所以澡堂揭帖云：「近年特別柴貴，凡兩回洗澡的各位，務請將澡錢兩回份一併帶來。」

16萬能膏以下都是在澡堂寄賣的藥品招貼。出口氏注云：萬能膏係治療瘡癤、創傷及皴瘃等的軟膏，俗語有云萬能足而一心不足，所以這裡連續的說。

17「沒有給傻子搽的藥」係俗語，謂傻子無藥可醫。千里膏旅行時塗腳心，令人步行不疲，因千里關係連說走馬。無二膏也是治皴瘃等病的，因無二而連說交情，又因上文走馬而連說鞭打，也都是遊戲文章的舊作法之一。

18口中散係齒痛藥，「口中」二字顛倒的讀，音近「忠孝」。安神散係婦女血經病用藥，此處連說兩親，安神即是安心。

19「小心火燭」係澡堂規則中語。這裡一節多利用規則語做教訓，據出口氏注引山中翁說，江戶時代澡堂中所貼規則條文，大抵如下：

規則

一官府所定法令須堅固遵守。

一火燭需要小心謹慎。

一男女不得再行混浴。

一風猛烈的時節不論何時均即關店。

一老年及病後各位不可獨自前來。

一衣服各自留神。

一失物不管，一切均不寄存。

以上各條請求瞭解後入浴。

某月某日，司事。

20 利用上文規則第四條，雙關的來說教訓話，驕奢的風也與條文有關。

21 利用第七條失物，說到神魂失落，又與寄存品相關。

22 出口氏注引山中翁云，這些在規則中雖不見，大概是另外貼紙禁戒的吧。

23 係改寫「噬臍無及」的成語。

24 「包租的衣櫃」見前編卷下注46。

25 糯米稍加粳米，煮飯搗爛，外裹小豆餡，色紫黑，名萩餅，亦稱牡丹餅，皆以象形得名。這裡形容印章的大小，大抵是說直徑一寸左右吧，雖然餅的大小沒有一定的標準。司事是說澡堂行會的幹事，出口氏注引山中翁說，當時澡堂行會共分十組，其下又分為小組三十八，共計五百餘股云。參考前編卷上注123。

26 日本舊時稱陰曆九月十三日為後中秋，以毛豆芋栗祀月，這裡從初九起手，至十三成功，那麼這初編兩卷就只在五天中寫好了。民間相信吃蠶豆芋頭，令人多放屁，故末行如此說。

前編——男湯堂卷

卷上　澡堂概況

五日之風靜，則不掛早散之牌，[1]十日之雨穩，則不擱雨傘之桶。[2]每月的休息日靜謐，[3]人心各浴恩澤，今日洗大掃除的澡，[4]去五塵之垢，明日洗小夥計的澡，[5]磨六欲之皮，無論何時總覺得在試初湯，[6]蓋早晨浴湯的冷熱正好，嗚呼佳哉，噫嘻可感謝哉。這裡有陀佛陀佛之僧，[7]那邊有咕嚕咕嚕之俗，[8]有說行話稱為塔落克[9]的男子，也有拉長說早堂[10]的女人。藥店的小二，戲讀作現金湯，[11]儒家的塾生，反誤解為忍冬湯，[12]此蓋易讀難解之類歟。墜簪於女澡堂的湯桶[13]中，則滔熱水的男子如滑川[14]那麼樣去尋找，一名十文的孔方，[15]青砥亦所不惜。小孩八文，連同伴當十六羅漢，雖有偏袒右肩，[16]出浴而著浴衣的顏世，[17]而當時的師直[18]其人卻亦不去窺女堂。男湯不孤，必有女湯為鄰。[19]主人賓頭盧尊者，在借給摸臉的米糠袋的時間，[20]打拍板通知留桶，[21]斜眼去看女湯，不知道膏藥的熔流，[22]但既知男女不同澡堂，夫婦有別，則妻子光明皇后[23]

乃代而為女湯的掌櫃焉。在桴炭的火盆上採取糠油，[24]絞乾借用手巾的水滴，卻不讓極老人與惡病人入浴，[25]雖無阿佛的出現，但或當有千手觀音的爬出上邊歟。[26]洗粉的袋陣陣有香，[27]穿徹下人的鼻孔，澡堂的壁咚咚作響，[28]叫醒舀熱水者的睡夢。或呀呀的啼哭，或哇哇的騷擾，或云水熱則反說溫涼，或說加涼水則叫喚勿加。在吵成一片的澡堂中間，亦有從容唱著《枕丹前》，[29]大模大樣地跳進池裡的裸體，也有伸著脖子說捽跤的一段書，[30]做出捽跤的進場的身段而出來的人。這裡顯得可憐的，在石榴口[31]顫聲說著「冷身子」而出現，可是又有說「馬來馬來」的人，卻並不是意外的闊氣。[32]「喂，出來了，小孩子，小孩子」，這樣說的乃是呻吟河東調的老頭子，向來以洗澡費工夫著名，說「對不起，是鄉下佬」的卻是愛好小調的江戶子，[33]只是霎地洗一下，把手巾浸濕便罷的。那麼長時間和短時間的洗澡，也正是菜蔬店的廊沿下，[34]松坂音頭的脫坂的腔調，只配新下來的店夥去聽，長啊短啊都不如意，有點兒尖聲的漫吟，則是呀吧喂的幫腔吧。有帶咬帶嚼的說「娘瑪彌伽佛」的，也或有人脫口吐出「法蓮陀佛」。有人轉著嘴巴笑道「呵呵轟」，或乃用鼻子噴出云「呼呼哼」，相反的乃用粗大聲音，自己告白曰，此是唐山金銀的金山之麓。[35]有抱著頭呻吟的，也就有拍著屁股高談的入，有舉起一隻腳的吟詠的，也就有張開兩股踏著高唱的人。在坐的立的中間，也有躺著在嘴裡錚錚地彈著三弦的，還有蹲在湯桶旁邊的，沒有技藝的猴子在說著玩話。神祇釋教戀無常，[36]都混雜在一起的澡堂，地點在哪裡雖是不能確定，時候是九月的中旬，時已天亮，澡堂還未開門。

早晨的光景

癱子豚七

早鴉的聲音：「呀，呀，呀，呀！」

早晨小販的聲音：「納豆，納豆！」[37]

人家打火的聲音：咯，咯，咯，咯！[38]

此時開幕出現來的乃是一個三十多歲的男子，睡衣上面繫著細帶，裡面的衣裾拖了下來，幾乎蓋住了木屐的屐齒，像是用油煎過了的一條手巾，耷拉著掛在肩頭上，手掌上擱著鹽，用右手指擦著牙齒，彷彿蟲在爬走似地走上前來，這乃是所謂癱子的病人，名叫豚七。[39]

豚七：「啊呀，還還沒有開，沒開，沒開麼？睡睡早覺的傢伙！」獨自說著話，走到門口，高聲怪叫：「夥夥計，夥計！還不起來，還不起來麼？太陽太陽菩薩起來，起來得把屁股都要曬焦了！喂，喂，夥計！——啊呀，啊呀！啊呀呀！糞糞，糞踩了，糞踩了！咦，咦，髒得很！」

回頭對睡在旁邊的狗說：「是你，是你吧？壞東西呀，是你吧！納塔多得，[40]糞踩了，糞踩了！喂，這畜生，這畜生！」一邊罵著，把牙粉的唾沫向狗吐過去，蹣跚的站立不穩。

二十二三歲的男子，前額拔去頭髮，鬢角剃齊，梳著媽媽髻兒，[41]布手巾上隨處有著胭脂口紅的痕跡，[42]搭在肩頭，牙粉袋中插著牙刷，塞在丁字髻內，[43]褲子團作一起挾在脅下，穿著睡衣走來。

從對面橫街裡出來一個二十歲多的男子，前額顯然是近時拔過，只是帶子和木屐顯得注目，稍微歪了頭用牙刷刷著臼齒，在吐唾沫的時候，把手巾掉在地上了。這邊的男子甲看見了，笑著說道：

「渾蛋，手巾掉了！為什麼那麼糊里糊塗的？」

乙用木屐的後齒定住，骨碌地轉過身子去，拾起手巾來，又去看自己背後的帶結子，在狗身上絆了一下。

狗叫：「汪，汪！」

乙：「畜生！死躺在討人嫌的地方！」

甲：「怎麼？是你自己討人嫌，正是活該！」

乙：「別妒忌人吧！這傢伙披上了鳳凰的衣服。[44]——什麼，澡堂還沒有開門麼？

真是一班睡早覺的傢伙呀。喂，可不是欺人麼。你想是什麼時候了？賣納豆的已經第二次上街，這時候賣金時豆[45]的也就要來了。——啊，手巾給我看！帶著胭脂……哼，真是現世報，從那地方[46]去搶了來！」

甲：「算了吧，別說叫人生氣的話了！要是男子漢，也去拿一條吧！哥兒不是一樣的哩！」[47]

乙：「當然不是一樣嘛！如果沒有眼睛鼻子，可不是同擦山葵的板一個樣兒的臉麼？那正可以從鐵頭魚那裡，去收頭錢來麼。」[48]

甲：「這渾蛋！」說著玩話，把乙往溝板[49]上一推。

乙：「呀，狗屎！啊！」趕緊跳開。「誰已經踩過了。」

豚七：「剛剛才是我踩了。」

乙：「是你踩了麼？本來不踩也行嘛。這真是多餘的事情呀。」

豚七：「就就是多餘，已經踩了，是是沒有法子的事。喂，木屐塔塔得塔拉……」[50]

甲：「說的什麼，一點都不懂。喂，你的毛病也真是麻煩。還沒有好麼？」

豚七：「什什麼，好了，好了。不不礙，不礙了！這這個樣子，看這個樣子，不礙了。」說著話兩隻腳踏給他看，蹣跚地要跌倒，勉強支持住了頓著腳說：「這這個樣子，腳已經不礙了！前幾天本所的伯母，伯母那裡火火燒了。我跑了去了。幫忙，幫忙，我很多幫忙。伯母稱讚了，伯母稱讚了！」

乙：「她稱讚怎麼地說？」

豚七：「她她說不礙了，說不礙了。那麼該到贊岐的金毗羅[51]老爺，金毗羅老爺那裡去，去謝謝去。」

乙：「你還是信仰那堀內老爺吧。你還沒有真好哩。那是危險的呀。」

豚七：「堀內老爺，領得貼用神符，[52]說得很難得的。塔塔得耶達契，[53]南無妙法蓮華經，南無妙法蓮華經，題目題目，[54]念三百遍，三百遍。」

甲：「題目念三百遍是太少了。」

豚七：「早早，早飯前呀。題目，說不是空肚念是不行的。——我的阿媽，疼我，疼我。了不得，了不得的，非常的愛我。淺草的舅父，討討厭我，說做和尚去吧，說做和尚，做和尚。」

乙：「做和尚倒好，你還是聽舅父的意見吧！」

豚七：「不，不，阿媽不答應。我，將來做新郎，新郎哩！不得了，不得了！那個，那個。」

甲：「做武士去麼？」

豚七：「是兩刀，兩刀呀！[55]不得了，不得了！喂，腳是這個樣子，不不礙了，不礙了。」把蹣跚的腳在溝板上頓了兩三下，這時候澡堂的門向裡邊開了，豚七踉蹌的去靠著大門，卻站立不住，隨著那門噹地一下，仰著倒在門內地上了。

甲乙：「啊，危險危險！」

澡堂的夥計大吃一驚，從臺上跳下來，和甲乙二人一同將病人抱起。這時候豚七只是仰臥著，睜著眼睛看著眾人。

夥計：「什麼地方都沒有受傷麼？」

乙：「你看！剛說著，就跌倒了。」

甲乙：「哈，哈，哈！」

豚七：「什什麼，不礙的，不礙的！嘻，嘻，嘻！」苦笑著表示不肯服輸，走到上邊來。

夥計：「各位，都早啊！」[56]

甲乙：「嗳。」

乙：「早覺睡得好呀。」

夥計：「嗳，昨夜睡得遲了。」

甲：「這很可疑呀，夥計！」

乙：「是去看尼華加[57]去了吧？」

夥計：「嘿嘿嘿，要是那個那倒是好了。」拿了座墊打拂錢箱，坐了下來。

甲乙脫去衣服，回顧豚七的方面。

乙：「別再滑了吧！——啊，冷呀！今早真是怪冷。」

甲：「是同行，是同行呀！[58]同行，同行！」跑步走去，進了石榴口，立即哼起小曲來：「這是——呀！」

豚七脫了衣服，狼狽似地用手巾按著下身，[59]拚命用心的看著前方，用了蒼蠅拉車[60]似的腳步走著。

豚七：「好容易到了！」鑽進石榴口去：「對不起，對不起！[61]——啊，熱，熱，這熱真叫熱！了不起！是石川五右衛門，[62]是石川五右衛門了！」跨進浴池，皺著臉，不服輸的哼起曲調來：「啊，如今是在吉田町[63]呀，流連呀。」

甲乙：「阿唷，這才是豪傑呀！呀，是呀！哈，是呀！」[64]

豚七聽了二人的幫腔，更加有興頭了：「喂，流連呀，流連呀喂！」

隱居老太爺[65]與地震

從外邊走進來的是一個七十左右的隱居老太爺，戴了頭巾，穿著皮紙做的[66]背心，叫十二三歲的徒弟拿了浴衣，自己挂著拐杖，嘴巴兀自動著。

夥計：「老太爺，今天早呀！」

老太爺：「怎麼樣，夥計？天氣很有點冷了。」

夥計：「是嘛。慢慢地氣候有點兒變了。」

老太爺：「不，不但是有點兒變了。——喂，鶴吉，你把鞋子都放好了！」一面把掛在耳旁的念珠用手紙包好了，「昨天晚上睡不著覺。而且那狗畜生，叫呀，叫呀！活到這麼年歲，像昨晚那麼狗叫的晚上，還不記得有過。這之後，總之一切都安排好了，坐在棉被上邊，一口口地吸著煙，暫時想了一會兒，可是睡不著。這麼也不對，想去巡視一遍家裡的情形，拿了燭臺前後一看，都沒毛病。又回到原來的床上——咦，年輕人都是愛睡的傢伙。我起來注意看了家裡一遍，一個人也沒有醒過來的。因為那麼樣，所以真是疏忽不得呀。——喂，鬢助，[67]你早啊！」

鬢助：「噯，老太爺，你早。昨晚的地震，那是什麼時候呀？」

老太爺：「那是什麼。那之後過了一會兒打七點了，該是八點半吧。[68]九病，五七下雨，四乾燥。」

鬢助：「還有七金五水吧？」

老太爺：「不，不，六八有風該知道。」[69]

鬢助：「真是這麼說的。我和魂靈的歌訣[70]弄錯在一起了。難怪我覺得有點傷風的樣子。」

老太爺：「不呀，那是說颳風的事嘛！」

鬢助：「啊，又弄錯了。因為說是九病，所以我想六八是要傷風吧。——啊，危險！」隨即進到浴池裡去了。

門前的行商和討錢的

這之後，通行的人多起來了。

賣牙粉的：「梅紅散，藥牙粉，治口內一切，梅紅散！」

甲：「蛤蜊肉呀，花蛤的肉！」

乙：「黃醬，金山寺醬，粗醬油！」[71]

丙：「醃菜，醬脆瓜，醃辣椒！醬脆瓜要麼？」[72]

丁：「有差使麼？伊勢屋要麼？」[73]

戊：「有差使，有差使麼？有空酒瓶沒有？」[74]

敲木魚的和尚：「南無阿彌陀佛，南無阿彌陀佛。」——剎剎，剎剎！

夥計：「給布施吧！」給予布施。

和尚：「南無阿彌陀佛，南無阿彌陀佛。伏以今日之功德，願祖先代代，一切陰靈，證大菩提。南無阿彌陀佛，南無阿彌陀佛！」——剎剎，剎剎！

彎腰的尼姑兩個人同來，搖著鈴鐺：叮鈴，叮鈴！

夥計：「給你吧。」

尼姑：「噯，多謝！娘瑪彌伽佛，娘瑪彌伽佛。——西光師父，你的頭巾似乎比以前都變新了。還是因為我的眼睛昏花了的緣故麼？」

西光：「這是因為什麼呀，去年十夜念佛的時候，在德願寺宿山，[75]端端正正的掉在我的旁邊嘛。不知道失主是誰，我就撿了來著。因為我的頭巾已經壞了，心想找到一點布片，來做一頂吧，老是這麼想著，妙清師父，這該算是虔誠的好處吧。」

妙清：「是呀，這真是如來老爺所賞賜的吧，西光師父。啊，娘瑪彌伽佛，娘瑪彌伽佛！——今天該是萬寶屋打發的日子了。」

西光：「可是，從如意屋那邊轉過去吧。」[76]

妙清：「啊，腰可痛啊。」——叮鈴，叮鈴！撐著拐杖，挺著身子，把腰伸了一下。

野和尚[77]：「老在這裡的是稻荷神和福神！[78]噯，和尚好久不來了，早上的和尚，整個的賺頭！」[79]

夥計：「不給，不給！」

野和尚：「別這麼說，請布施吧！整個的賺頭嘛。噯，一文錢！噯，兩個和尚一文錢！」

夥計：「不給，不給！」

野和尚：「不給，不給，不給！」學著人家說話，提了水桶，往隔壁人家去了。

金兵衛和兩個小孩

四十多歲的男子，名叫金兵衛，拉著六歲男孩的手，像耍猴的似地背上背了一個三歲的女孩，小孩手裡拿著竹製的玩具水桶，和燒料的小烏龜。嘴裡慢吞吞地歌唱著：「好啊，好啊！呀，是了是了，來到了呀！湯湯[80]在哪裡？阿哥啊，別跌跤呀！好好的看著底下走路吧。啊，好啊，好啊！啊，湯湯在這兒了！——喂，喂，骯髒呀，骯髒呀！[81]跳過了，跳過了。啊，髒得很，髒得很！阿哥是幾乎踩了汪汪的骯髒了。寶寶是阿爹背著的，所以很好嘍。」

背上的妹妹：「寶寶背著。」

金兵衛：「啊，啊，寶寶是阿爹背著，阿哥是走走。——喂，下來了吧。啊呀，啊呀，好等，好等！別跌跤，別跌跤！——喂，阿哥獨自脫衣衣吧，寶寶的衣衣阿爹給脫。啊，手脫出來了！」

阿哥：「我已經脫了衣衣了！後邊的，後邊的千次郎，[82]你遲呀，你遲呀！」說著去向小孩的頰下呵癢。

金兵衛：「喂，喂，別鬧了，別鬧了！」

旁邊的人：「啊呀，阿哥那裡有小雞兒，阿鶴卻是沒有呀！」

金兵衛：「噯，阿鶴是掉了。嘿，嘿，嘿！——福助，這天氣真晴得好久了。」

福助：「是呀，照這樣子可不是豐年嘛。」

金兵衛：「是呀。——現在進去吧。喂，喂，阿哥，別滑了！阿鶴也不要把玩意兒掉了。噯，這可行了。——福助，看這樣子可是弄不下去了。一有了小孩，那就苦得要不得啊！」

源太：「是很好的樂趣嘛！」

金兵衛：「是很好的苦趣罷了。全不中用呀。——喂，看頭，看頭！小孩子，小孩子！」走進石榴口，用熱水給兩個小孩澆身子，「阿哥手搆得到的地方都自己澆吧。那麼，沙沙沙……啊，好了，好了！熱得好嘛。」

德藏：「這個，金兵衛，在小孩們稍微有點熱吧。」

金兵衛：「啊，德藏麼，昨天你往哪裡去了？那麼的高興著。」

德藏：「噯，往王子去了。」

金兵衛：「哈哈，是海老屋麼，扇屋麼？」

德藏：「那麼樣算了倒是好了，可是我走過那田坂[83]去了！」

金兵衛：「照例是那今口巴屋麼？[84]哈，哈，哈！那麼的泡在裡邊……」

德藏：「叫對上點冷水吧。小孩們是，洗熱澡洗怕了，便要厭惡洗澡的呀。」咚咚的敲打板壁，裡邊也咚的給了回答。「攪澡湯的時候，最好是叫那說倒櫓的淨琉璃故事的來幹。現在各位，澡湯要濺起來了。呀噓噓，呀噓噓！」[85]用力攪動。

金兵衛：「噯，噯，多謝多謝！——現在進去吧。阿哥快點進去呀！」

阿哥：「阿爹，還熱得很哩。」

金兵衛：「什麼，哪裡還會得熱。那位阿叔特意給對了冷水的嘛。阿鶴是很棒的，啊呀啊呀，你看進來了。」

德藏：「連鍋爐這邊也溫和了。已經行了吧。」咚咚的敲了兩下。[86]

金兵衛：「阿鶴很棒，很棒！」

阿哥：「阿爹，我也棒！看著吧，進來了！」

金兵衛：「啊，很棒，很棒！拿水桶舀這水吧，你看，沙沙沙！好玩得很，好玩得很。啊唷，啊唷，小烏龜游起水來了，啊呀，喂，哺哺哺的吸水哩。啊，好呀，好呀！阿哥好好地浸著，把身子暖和透了。」

阿哥：「噯，好好地浸著，金魚和紅鯉魚會得出來麼？」

金兵衛：「當然會得出來，會得出來。哭起來呢，水虎[87]要出來的。啊，可怕得很。不，不，水虎別出來。阿鶴是聰明的，所以不會得哭。是吧，不哭吧。」

阿哥：「我也並不是膿包呀。」

金兵衛：「啊，啊，阿哥也棒！——喂，耳朵邊上不要積著油泥，那麼閉著眼睛吧。還有鼻子底下也打掃一下，別讓有蟲子咬著，啊，現在成了乖孩子了。人家的叔叔都要稱讚了。喂，舌頭拖出來！現在成了乖孩子了！啊啊，咳嗽起來了。呀呀，阿爹真不好，因為太多洗了舌頭了。肚肚上面有熱熱，[88]現在不洗了。熱熱是誰給做的呀？」

妹妹：「阿媽！」

金兵衛：「啊啊，阿媽麼？討厭的阿媽，給她打打吧？給可愛的寶寶做了熱熱的。」

妹妹：「阿媽，打打！」

金兵衛：「噯，噯，給阿媽打打吧。」

阿哥：「阿爹，出去吧！」

金兵衛：「不，還要再暖和一下子。」

阿哥：「可是熱得難過嘛！」

金兵衛：「什麼，乖乖地等著吧。阿鶴是這麼乖著。——喂，喂，阿哥和阿鶴都來唱個歌吧。」

阿哥：「月亮菩薩幾歲了？十三加七歲。」[89]

金兵衛：「那麼——？」

阿哥：「——年紀還輕哩！」

金兵衛：「生了那個孩子。」

阿哥：「生了這個孩子。」

金兵衛：「阿鶴也來唱呀！」

妹妹：「叫阿萬抱抱。」

金兵衛：「啊啊，叫阿萬抱抱。還有呢？」

阿哥：「現在還有呢？」

妹妹：「繃了鼓了。」

金兵衛：「什麼什麼，還有哩。——阿萬哪裡去啦？」

阿哥：「買油去了，買茶去。」

金兵衛：「阿哥說的很好。」

阿哥：「油店的店門口。」

妹妹：「凍了冰。」

金兵衛：「啊啊，凍了冰了。」

阿哥：「滑了跌了跤。」

金兵衛：「一升的油灑掉了！——阿鶴也說吧。那油怎麼啦？說啊！次郎家的狗。」

阿哥：「唷，阿爹說的不對呀！先是太郎家的嘛。」

金兵衛：「都舔——」

妹妹：「——完啦！」

金兵衛：「阿爹可是忘記了，哈哈哈。」

阿哥：「那狗怎麼啦？」

金兵衛：「說吧說吧！是這裡了。」

妹妹：「繃了鼓了。」

阿哥：「向著那邊咚咚咚。」

金兵衛：「這邊也是咚咚咚。」

阿哥：「不是這樣的。——向著這邊咚咚咚。」

金兵衛：「啊，是這麼的麼？啊，咚咚咚！現在我們出來吧。——噯，出來了，小孩子，小孩子！——阿媽正等著吧。山芋呢，餅餅呢，什麼好東西，等著給成了乖孩子的做賞品哩。喂，成了乖孩子了。啊啊，阿初拿浴衣來迎接了。」

妹妹：「初衣衣。」

金兵衛：「啊，啊。——喂，阿初，交給你吧！噯，成了乖孩子了。」

隱居和醫生的談話

在著衣服的地方，醫生和隱居說著話。

醫生：「隱居老太爺，怎麼樣？還是照舊下棋[90]吧。伊勢十的主人，油八的太郎兵衛這些傢伙，[91]都各別會著吧？這是所謂棋冤家[92]這物事。哈，哈，哈！」好像是嘲弄人似的笑著，口氣很是莊重，有一句口頭禪，愛說什麼物事或傢伙。

隱居，「不呀，近時親戚家裡有病人，舍間的人輪流地相幫守夜，啊，這麼那麼地亂嘈嘈的，棋也不下了。」

醫生：「唔，那是不行。啊，那不幸得很。可是，病是什麼呢？」

隱居：「總之是食物下不去，吃了的時候，失禮地說來，[93]就吐了。這一時更是加重起來了。」

醫生：「噯，請誰看了來的呢？」

隱居：「請仲景先生看了兩周期，[94]因為不見效，中間請教了孫邈先生，現在看的是丹溪先生。」[95]

醫生：「診斷做什麼呢？」

隱居：「各人總之都說是膈症。」

醫生：「不是膈症！什麼，這會是膈症嗎？只要吃了東西去要吐，便說是膈，這乃是俗物的胡猜罷了。噎膈翻胃這物事，那又是大大地不同的，怎麼怎麼，那些漢子們的一點兒見識怎麼能知道呢？哈，哈，哈！在醫書裡邊，依照〈外台千金方〉[96]的話說來，嗯，說著什麼呢？嗯，說的是什麼，息似鵝棒飛散亂，人成膈症力俳諧。[97]凡是病人的呼吸像是吞了鵝棒，即是關羽張飛所拿的那棒似的，[98]呼吸急迫苦痛，總之飛了要散亂了。這膈症的物事，又是愛好所謂俳諧[99]的人所生的毛病，所以說是人成膈症力俳諧嘛。人家愈是說別搞了，別搞了吧，他就愈用力要搞排諧，這種人是多生那種病的。」

隱居：「照你這麼說來，倒的確是愛好俳諧的人。」

醫生：「單是搞一下歌仙[100]什麼，那還沒關係，弄到五十韻一百韻，以至留留韻，[101]那病就重起來了。你看吧，果是愛好俳諧的。不看見病人，也還是這麼樣。看脈指病。這邊是只聽了一下子，就診出病來了。哈，哈，哈！——有避忌[102]的吃食，要請注意。其與噎膈翻胃似是而非的物事，叫作鸕鶿病。[103]這乃是吃了東西，立即吐出的。那恐怕

是這鸕鶿病吧。是很難治的病症。那些漢子動嘴比動藥匙[104]要能幹得多，抓住了病家的俗物，說什麼新來的唐本沒有標點不好讀，[105]又說唐人也多有些杜撰的話，及至病家問起，丹溪先生，病人想吃雞蛋，怎麼辦呢？啊，是麼，嗳，雞卵是不行的，可是假如想吃的話，那麼吃一點鴨子卵也行吧！[106]是說這種不通文理的話的漢子們嘛！哈，哈，哈。真是可嘆的事！哈，哈，哈！——如今，出來玩玩吧。近時為的幫助消化，在開始弄球了。這就是所謂蹴鞠這物事。屬然不能成為像成通卿[107]那樣的高手，就單是踏著玩，也於消化上很有好處的。請你過來玩吧。——怎麼樣，夥計？所謂主管者這物事乃是重任呀！哈，哈，哈！」

夥計：「嘿，嘿，嘿。今日上哪裡呀？」

醫生：「唔，今天從芥子園的書畫會出去，到顧炎武那裡去一下，再轉到山谷的詩會去，在那裡會得碰到東坡放翁，要委託好些代作的吧。[108]總之是消遣的地方太多，要聽病家的叨叨，受不了。所以醫生行了時，是很受苦的。啊，再見了。哈，哈，哈，哈！」一手抱著浴衣，走出去了。

關於家私花光的浪蕩的話

名叫八兵衛的男子，滿頭冒著熱氣，用手巾當作圍裙，繫在腰間，在抖擻衣服。名叫松右衛門的男子，舊式地把丁字帶的直條夾在下巴底下，[109]在繫帶子，手巾卻是團作一團，擱在頭頂上。

松右衛門：「八兵衛，你看那個吧。戴著深沿的草笠，[110]穿著碰一下就要撕開了的外褂，那裡走著的討人厭的那個人，那是原來有三十所的地產的地主的現形呀。」

八兵衛：「是那拐角的浪蕩嗎？」

松右衛門：「正是呀。說可憐也是可憐。心術不好的話，便都是那個樣子呀。」

八兵衛：「在那時候，可不是撒呀撒呀，天王老爺那副樣子嗎？」[111]

松右衛門：「那老頭兒從伊勢出來，在一代里成了功。可是，精明得很哩。總之是不請人吃喝的。今天市上魚很多，想給店裡傭人們吃一頓，便在大盤子上邊，若是醋煎大鰮魚便是五條，頭尾整齊地排著，像是依照小笠原流的儀式，[112]規規矩矩地躺在那裡。若是小魚呢，今天買來燒好，明朝一早自己提了筐子，走到魚市去。魚市場團團地走上一轉，出不起價錢，買了些泥蘿蔔的折斷了的來，把那昨天燒的小魚一條條地放進去，做成紅燒圓片蘿蔔，這便是正菜。家裡雖是有好些老媽子使女，菜總是老太太出來，很仔細地來盛好。老太爺把那小魚拿來，嘎吱嘎吱地從頭咬了吃，說道魚的鮮味是在頭裡，所以四五十個夥計徒弟也沒有辦法，都只好從魚頭吃起。而且在那裡什麼都不會過時，一年到頭，早上是茶粥，[113]中午只是醬湯，晚飯是黃蘿蔔，而且鹹得要命，只要兩片，連吸白開水的菜也就有了。今日說是佛爺的日子，[114]八杯豆腐在碗當中悠悠然地游泳著。[115]擱了木魚片[116]的醬湯，只在財神節[117]和生日那時候才有。三頓飯之外所吃的東西是，冷飯曬乾的乾糧的鹽炒，中間加入從鄉下送來的煮黃豆，可是你知道，那豆的數目是，要打鑼敲鼓去找才好哩。這個炒米之外，便是自造的甜酒[118]了。老太太是上總地方的出身，只是做叫作薩摩炒米[119]這種點心。此外什麼吃喝的東西，全都沒有。因為對於祖先尊重，往來的人也用心使喚，所以家私當然就長起來了。金銀生利息，抵押的房產收進來，生意上又賺錢。在一時間就成了大財主了。」

八兵衛：「的確，我也聽我們父親講過他的故事。總之酒是只在財神節才有，平常有客來的時候，叫兩碗麵來，放在鼻子前面，說道請請，不要客氣地請吧！可是這裡只有兩碗，客人只好吃了一碗就走。這之後，主人便叫奶奶呀，那麼我們分吃了吧，你也來吃一點，於是一人一半地吃了。那麼樣，錢自然就積下來了呀。」

松右衛門：「第一他是運氣好。[120]只在三十年間，就有地產三十二三處，土藏[121]三十，地窖二十五六，加上往來的人數算來，那真是了不起的大家了。」

八兵衛：「這些就只有兩三年，都花光了。」

松右衛門：「可不是吧。搞光是容易呀，可是一文錢也不是輕易賺得來的。你們是還年輕，別去花錢，這是要受到金罰的。[122]——對不對，夥計？這夥計一聲不響的，大概也已經買有股子[123]了吧？」

夥計：「噯，果子[124]麼，只要買了來吃早飯。錢這個物事怎麼也積存不起來。」

松右衛門：「不，不，那是頂好積存的東西。因為心術不好，才積存不了。住在這江戶好地方，哪裡會有積存不了錢的事情呢？因為這裡是錢和金子都聚在一起的好地方，所以各地的人都走了攏來，來發財的嘛。你夥計如果不想弄錢，那麼住在鄉下，吃了雜糧飯凍著，豈不好麼。怎麼，沒有話說了吧？」

夥計：「啊，這是我錯了。」

松右衛門：「可是這裡也有指望。這夥計是有出息的。凡是討厭厚棉衣服的人，總是倒楣。[125]你要知道，你的衣服假如成了薄棉，那就完了。——八兵衛也是現在只有一個阿媽，要好好地孝順。不要叫她多操心。唐國的叫作什麼的唐人呀，在寒中想去掘筍，還掘出黃金的飯鍋來了呢！」[126]

八兵衛：「噯，我們孝順是掘不著黃金鍋的，只是叫那挑著紫銅鍋[127]的來給點甜酒罷哩！」

松右衛門：「那麼也就行了。——現在的那個浪蕩，接受了那些家私，弄成這個模樣，正是不孝的報應呀！在那老頭子出喪的時候，要燒香了，卻學那戲子的樣兒，穿了披風禮服，[128]趿著腳走路。立刻要同父母永別了，一點都看不出哀痛之情，這樣的人

是不成東西的，大家這樣想著，果然不出所料。什麼藝妓呀，幫閒呀，[129]啊，這樣那樣的，種種的人物都弄到家裡面去，嘩啦嘩啦地鬧一通，還有臺基啦，[130]窯子啦，滑倒了躺下了的，裡裡外外的用度加多了。[131]朋友們之間的來往，就成了完啦大明神。[132]老頭子身裡的油終於乾了。雖然如此，還是傲慢得看不起人，什麼文盲咧、俗物咧那麼地說，把他的那茶磨子的本事高掛在鼻子上。[133]單是茶室[134]就不知道改造了幾回。那真是所謂什麼讀豐後的不懂得豐後[135]吧。總而言之，一個人的身家要用心保守，用心保守。」

將要化成鰻魚的山芋的故事

鄉下出來的幫工在鐵鏟子上拿著火炭出來，聽見了這一段話。[136]

三助：「想要弄錢，去做投機的事，那是壞事情呀。我在鄉裡的時候，遇著過一件怪氣的事件。唔，這裡叫作什麼的呀，在我們那裡是叫作山芋。」

大眾：「在江戶也是叫作山芋。」

三助：「那個，山芋快要變了鰻了！」

大眾：「真怪呀！」

三助：「原來，也並不是整個身子都變了，半邊是山芋，半邊是鰻魚呀。在那裡，打獵的人看見了，大吃一驚，大概是什麼山神在作怪，或是蟒蛇吧。蟒蛇沒有變好，總之是什麼怪物。要打殺也並不難，只是怕死不了，那才怪可怕的呢。村裡的老鄉聚集攏來，加以討論，那個，曾根村的叫作松之丞老爺這人，是從神功皇后的時代[137]起，代代相傳的博學的人物。那松之丞老爺拿了煙管側著頭，眼睛也不睒地看著。啊，了不得地用心的想，說這乃是鰻呀！如果不是鰻的話，他就離開這土地廟，再也不能住代代住下來的這個村裡了。這乃是山芋變成了鰻了！或者鰻變成了山芋了。兩個裡邊，總有一個是對的。不必去找道士的占卜，也用不著道婆的竹枝子亂撣了。[138]還是鰻魚，並不是蟒蛇。可是，那個，雀入大水為蛤[139]的話在書上雖是有過，山芋變成鰻的事情在《庭訓往來》，今川了俊，以及此外在《萬寶全書》，在《年代記》上邊，[140]誰都說沒有見到過呀。那個什麼，投機事業家的是什麼耳朵呀，[141]很快地就聽見了。他們打聽清楚了這件事情，立即商量好了，拿出二十兩銀子來！這二十兩分攤給村裡的人，什麼濁酒呀，年糕呀，總之鬧了三天的元旦來做慶祝。這班投機事業家，便把這演戲的名角[142]請來裝在四角的箱子裡，心想在開幕時賺一筆大錢，展覽的地方也差不多收拾好了，剛要打算開場的時候，奇事出來了！」

大眾：「怎麼啦，怎麼啦？」

三助：「啊唷啊唷，要笑斷肚子筋的事情！那個，一半變成鰻的傢伙山芋，在建造展覽場的幾天之間，山芋的形狀全然沒有了，全部都變成了鰻了！一半是山芋的東西現在變成了鰻，所以向那邊扭過去，向這邊扭過來，要想抓住它呢，從手指縫中間滑滑地，滑滑地鑽了出去，老是彎彎扭扭地往上鑽。啊，可不是叫人大吃一驚麼？如果用力地一抓，會得把它掐死的。埋在土裡呢，算是賣了一條鰻命，[143]或者會得變成山芋吧，但是變了山芋，那也不值原價了！」

大眾：「哈，哈，哈！哈，哈，哈！」都挺著身子大笑。

三助：「總之那頂要緊的名角，原形變得不成樣子，大家都嚇傻了。那投機事業家大大地打算錯了。連那小房子什麼都在內，一總損失了三十兩，他就自暴自棄起來，把那鰻燒來吃了。計算一下，一塊的價錢是三兩五錢幾分，[144]好貴的鰻魚呀！三十兩的烤鰻，一個人吃了下去。長著貪心不足的皮，一定是硬得很吧！[145]哈，哈，哈！」

豚七中了熱氣

在這時候，浴池中有人高叫：「說是中了熱氣了！喂，夥計，有人發了暈哩！中了

熱氣，中了熱氣了」[146]

夥計：「什麼，中了熱氣了？那是了不得，了不得！」許多澡堂的幫工從池中抬了出來，乃是以前的癱子，中了熱氣，動彈不得了。

甲：「誰呀，誰呀？」

乙：「是那癱子豚七。」

丙：「原是病人，還是長時間的泡著嘛。」

丁：「臉上噴水吧！」

戊：「頭上給擱上草鞋吧！」[147]

己：「什麼，那是羊角風呀。還是給在肩胛上寫刀豆字樣吧！」

庚：「那才是醫鬼箭風的法子呀！」[148]

辛：「豚七呀，豚七呀——咚咚，鏘！」[149]

壬：「別開玩笑了！叫醒他來，叫醒他來吧！」大家用水噴他的臉，好容易豚七才醒過來了。

癸：「怎麼樣？豚七，豚七！清醒了麼，清醒了麼？」

子[150]：「明白嗎？」

豚七：「唔，唔，不，不，不礙，不礙！——我，什麼樣啦？」

丑大聲說：「中了熱氣了！」

豚七：「呃，呃？」

丑：「中了熱氣了！」

豚七：「中了，中了熱氣了?唔，唔，了不得。——已經好，已經好了!不礙了，不礙了。熱氣下去了，下去了。糊里糊塗，糊里糊塗的。剛才，剛才熱氣下去了。不，不，不礙了，不礙了！」

舀熱水的幫工來坐在臺上，替換夥計去吃午飯。

行商人的各種聲音。

甲：「菖蒲，菖蒲團——子！」[151]

乙：「金時豆，煮豇豆！」[152]

丙：「豆腐——！」

丁：「烤鰻魚，烤鰻魚要麼？」

戊：「補碗啊——！[153]有人要補碗的麼？」

己：「喂，補碗呀，想請你把我家的水缸補一下！」

戊：「哼，別胡調了！」[154]

註釋：

1中國古書上說，古代天下太平，風雨都有定時，是五日一風，十日一雨。舊時澡堂定規，刮大風的日子「早散」，即以申刻為限，至下午四點關門。

2下雨天澡堂在門內放著一個木桶（容量四斗的醬油或酒的空桶），預備客人安放雨傘，以免水流滿地。

3澡堂照例每月有一天休息，這在哪一天，每處不一樣，由自己規定為例。

4舊年十二月十三日為大掃除的期日，那一天洗澡的人便特別的多。

5正月十六十七兩日，舊例澡堂收入不歸主人所有，卻是分給堂內眾夥計的。

6每年元旦休息，初二日這才初次燒水開堂，稱為「初湯」。

7念佛的聲音，三田村云，當是日蓮宗。

8僧俗對舉，這是說嘮叨的醉漢。

9淨琉璃說書人的行話，稱湯為塔落克。

10上一字拉長，今姑將澡字去聲改為上聲，以示變化。

11洗澡每次付現錢，稱現金湯，也有每月總付的，則稱留湯。藥店的夥計習慣於藥名的什麼湯，所以故意改讀末字的音，似乎是青龍白虎湯之類了。

12忍冬湯本係用忍冬即金銀花在浴湯內，用以洗澡，儒生迂腐不通世故，乃如字解讀為忍耐過冬之湯。

13湯桶本名湯船，乃用大鍋燒湯，倒入桶中，是一種淨湯，備浴客末後洗臉淋身之用，桶形如舟，故名。

14青砥藤綱為古時名臣，以廉潔著名，嘗夜過滑川，誤將銅錢十文落在水中，乃命從者以五十文錢買火把來，將水中的錢拾起。

15因故事中的十文，牽連說起，當時洗澡價錢係大人十文，小孩八文云。

16當時定價大人連同小孩共十六文，故連帶的說及羅漢，又連帶說偏袒右肩。

17顏世是日本舊劇《忠臣藏》中正角鹽屋判官的妻子，貞淑的女人。鹽屋亦寫作鹽冶。

18高師直在歷史上是實有的人物，《忠臣藏》中卻借過來說他覬覦顏世，成為鹽屋的敵人。

19此句係模仿《論語》上的話，德不孤，必有鄰。

20賓頭盧尊者是十六羅漢之一，在佛涅槃後仍留世間，濟度世人，寺中常塑其像，白頭長眉，獨坐一隅。澡堂主人高坐門口，招待浴客，收受浴資，故此相比。日本沿用古時的「澡豆」，以米糠裝入夏布小袋中，用以擦臉，澡堂中可買可借。俗信凡人身上有病痛，先用手摸賓頭盧像，再去摸自己相當部分，可以自癒。此處因說賓頭盧，接連說米糠袋，便以摸臉作為雙關。

21浴客有需要「擦澡」即叫人代洗肩背者，主人用拍板通知擦澡的人，照例女湯兩下，男湯一下。每月總付的浴客備有專用的水桶，稱為留桶，客來時也擊拍板，叫人給拿出桶來。

22主人所坐臺上，例有板擱，上置帶賣的膏藥澡豆粉等，因堂內暖熱而融化，主人卻茫然不知。

23光明皇后係公元八世紀時人，為聖武天皇的皇后，崇信佛教，大興寺廟，曾設浴室，施浴一千人，親為洗濯，後有癩病人來，出現阿佛形相云。此處說女主人代管女湯，因賓頭盧關係引出光明皇后來。

24燒澡堂係用木柴，燒剩即是木炭，通稱桴炭，或稱浮炭云。炭火上張油紙，鋪米糠取油，云可醫治癬疥。

25澡堂定規云：老人及病後的人，不可獨自入浴，身患惡疾的人斷不可入浴。

26千手觀音即蝨子的別名。阿佛見上，因佛名而牽連說及觀音。

27洗粉係後起的化妝品，於粉中多加入香料，即古時的澡豆。

28入浴中的客人覺得池水太熱，便敲板壁，通知堂中傭人，加添涼水。

29係俗曲長唄的一篇。

30俗曲河東調中說河津股野摔跤的一段吧。

31浴池入口上部所設垂花門似的板屏，入浴的人須低頭屈身，才得進去，據云為的防浴湯變冷，俗稱為石榴口。字義的解說不一，多涉牽強，似不足信。

32入浴池的人恐怕碰著別人，或先聲明是「冷身子」，或如在人叢中虛說「馬來」，叫人讓路。此處卻又含有別的意義，平常以驢或馬形容巨陰，說是馬來，而實際卻並不是云。

33 河東調原作江戶節，乃是淨琉璃的一種，因係江戶大夫十寸見河東所創而得名，卻並不是代表江戶的。小調原作美里耶斯，是一種較短的長唄。老人虛說小孩子，本地的江戶子乃自稱鄉下佬，正是相對。

34 這以下一段意思不很明白，大抵是有各種人各樣情形，有如菜蔬店的廊沿底下，存放著各式的菜吧。

35 唐山即中國。中國有徑山與金山兩地，因佛教關係知道的很多，但係同音，所以說時必須云路徑的徑山，或云金銀的金山，此處當用作叮嚀說話的例子。

36 日本古時編輯歌集，多以這四者分類，這裡即說澡堂裡各式各樣的人都有，如上文所說的那樣。

37 納豆即是中國的鮮豆豉，價廉味美，日本平民大抵用於早膳，用醬油加芥末拌食。早晨叫賣極早，往往先賣一巡，再攜第二批出來叫賣。

38 古時人家都用火刀火石取火，所以早晨咯咯打火的聲音是很普遍的。

39 癱子原文是說一種中風病人，重的半身不遂，較輕的仍能起坐行動，只是不甚靈便，說話也不清楚，豚七的話原本多模糊訛脫，未能一一照寫。

40 原文不可解，出口氏注云未詳。

41 古時日本男子蓄髮結髻，平常往理髮店去梳，有在家梳頭的，格式不入時，稱為媽媽髻兒，意思即是說老婆所梳。

42 手巾上染有胭脂，蓋原係妓女所用，由她送給相識的男子的。

43 丁字髻即古時所謂椎髻，男子束髮於頂，向後屈作圓髻，前面留一二寸剪去其餘，牙粉袋即是塞在這前端，俗語稱為刷子。

44 鳳凰，三田村氏注云原意指妓女，這裡只是說華麗的衣服。

45 金時係民間故事中的英雄，金時豆乃是一種食物的名稱，係小豆加糖煮成。

46 那地方即指新吉原，妓館的集中地。

47 哥兒是男子自稱，意思乃是自誇，說自己自有本領，所以能夠取得這些東西。

48三田村氏注云當是說乙的麻臉。山葵的根味香辣，日本用作調味料，在有刺的金屬板（朝鮮有「薑板」係陶製而形狀相同）摩擦成醬用之。這裡比喻說臉上凹凸不平。鐵頭魚係意譯，漢名一云六角魚，不知其詳。頭錢是頭兒從徒黨徵收的利金，或者是說人比魚還醜，所以該收得頭錢？

49舊時日本街道上都是明溝，與街路平行，在人家門前鋪有木板，俾便通行，稱作溝板。

50見注40，原注云未詳。

51金毗羅係印度的神，在佛教中不重要，但日本民間頗見崇信，在贊岐琴平山有神社。

52堀內在東京市內，有妙法寺，係日蓮宗，所渭堀內老爺即指日蓮。貼用神符據三田村氏是一種長條的符，貼在病人床邊，如接貼到牆上邊，則病可全癒云。

53見注40及注50。

54日蓮宗於佛經中偏重《法華經》，又佛教徒皆宣佛號，模仿淨土宗念南無阿彌陀佛，他們獨不如此，只念南無妙法蓮華經，以經名做替代，稱為御題目。

55日本古時武士專政，士族皆帶長短兩刀。上文豚七說「那個那個」，三田村氏注云蓋用手勢表示帶刀，說頗有理。

56早晨相見時打招呼的話，也可以說早上好或早安，今直譯原意。

57原文云「仁和賀」，寫作「俄」字，義云忽爾，這裡是指吉原秋天的臨時賽會，大抵以滑稽表演為多，後來轉變為一種滑稽戲的名稱。

58出口氏注云當是模仿什麼戲劇歌詞，但出典原本均不能詳。

59日本古時男女混浴，浴客各係一犢鼻褌即丁字帶入浴，及分浴後，仍以手巾掩蓋下體，蓋舊時習俗之留遺云。

60出口氏引中山翁說云，小兒遊戲，用紙摺作小箱或鶴，將蒼蠅放在裡邊，令其行走。但如何走動仍不明白，疑或是用黏蠅背亦未可知。

61進浴池去的時候所說的客氣話，參看上文注32。

62民間傳說是劫富濟貧的大盜，公元十六世紀末被捕，用大鍋煮死，至今用大鐵鑊燒水的浴池俗稱五右衛門盆。

63吉田町是野妓出沒的街路名。

64是歌曲中幫襯的文句。

65原文稱作「隱居」，封建時代舊制，家主年老或因事退休，稱為隱居，由其長子襲位為家主，老人也就稱為隱居老太爺。後來此制亦通行於商家，凡不管家事店事的老人，不問男女，均用此稱，中國的老太爺老太太約略近似，今且借用。

66古代律僧守戒，不用女人手製的衣服，乃著紙衣，係用純良樹皮所製厚紙揉熟，製棉夾衣頗耐久，亦善防寒氣。

67鬢助大概即指甲乙二人中之一。

68日本古時計時很是特別，晝夜各分為六點，子午正都稱九點，以後一小時作為半點，依數目逆數，如十二時為九點，則一時為八點半，二時為八點，四時為七點，十一時為四點半，以下便又是九點了。這裡說七點即早晨四時，八點半即三時。

69隱居所說，連上文係地震占卜的歌訣，依照地震的時間可以預知將來的天氣。

70各人依據生年的干支五行所屬，可以推知魂靈的多寡數目，歌訣云木九，火三，土一，七金，五水，蓋是從三魂六魄演化出來的吧。

71金山寺據說應當是徑山寺，因這種醬的製法是從那裡傳過去的。在豆瓣醬中加入切碎的蔬菜，如蘿蔔、茄子、青瓜等，是極好的素菜。粗醬油係醬油製成，未經過濾者。

72醬脆瓜，原名奈良漬，以地方著名，係用鹽酒醃嫩青瓜。醃辣椒，原名南蠻漬，與稱番椒義近。

73伊勢屋係用地名作為店號，伊勢人節儉善於經商，市上多伊勢屋的名稱，故成為代表店名了。差使是封建時代用語，店徒每晨向顧客家兜生意也就沿用。

74酒店應顧主的需要送酒前來，照例裝在陶製酒瓶內，稱為德利，隨後再由徒弟收回。

75淨土宗的規矩，每年陰曆十月初六日起，至十五日止，凡十日間高唱佛號，大有功德，通稱十夜。宿山原名通夜，是說信徒聚集寺院，守夜念佛。

76打發是說各商家的定期布施。萬寶屋原名萬屋，如意屋原名葉屋，今從意譯，葉用作協字，在中國不大通行。

77「野和尚」原文只作「和尚」，但因夥計差別待遇，當有殊異。三田村謂當係因度牒無缺而在候補的「志願和尚」，出口則云是賤民部類的毛和尚，或更近似。他們不剃頭，在鄉間也做法事，助喪葬，地位較平民為低云。

78野和尚說吉祥話求布施，這裡大概手裡拿著土製的稻荷神像，頌祝豐收與幸福。稻荷本係農神，第二字解作負荷的荷，因狐狸為神使，後乃轉訛即以稻荷為狐神，像亦成為狐形了。

79「好久不來」語氣未完，意云所以請給布施吧。和尚是整個賺頭，原係民間俗諺，「整個」的原文與「圓」雙關，現在野和尚利用俗語，加上「早上」字樣，作為吉祥話，原意雖是挖苦和尚的，今乃轉用為恭維店家了。

80「湯湯」原本此處用小兒語，讀作obu，凡熱水與澡堂均用此名，與大人語yu（湯）用途相同。

81「骯髒」，此處特別是指糞便，即上文豚七所踩的狗屎。

82此句原係兒歌中的詞句，此處借用指在後邊的人罷了。

83從王子（地名）的田坂走過去，即是公娼集中地有名的吉原。

84三田村氏注云借指當時的山田巴，係吉原有名的一家給妓館做介紹的茶館。

85倒櫓是說在船首也裝櫓枝，可以倒行。淨琉璃說書中有一節，說木曾氏家臣樋口二郎欲為主家復仇，化身為船戶，學習倒櫓。說書人模擬他的狀態，大聲說呀嘘嘘，呀嘘嘘，其身段與攪浴湯正相似。

86浴客叫澡堂的人添涼水，敲板壁為號，及水添後亦敲板壁作為回答。

87水虎俗稱河童，係水中怪物。狀似孩童，又像甲魚云。

88用艾灸治病，日本古亦有之，小孩語則稱為熱熱云。

89此係一首童謠，題目似對月亮，意思順遞而下，不可把握。十三加七歲，「加」字係補充的，七或云九抑或云一，但多數均說七。

90這所謂棋乃是圍棋，古時從中國傳過去，下棋規則大體與中國相同，不像象棋的全變樣了。

91伊勢十是店號，係伊勢屋之一，而另加十字以示區分。油八當是油店，「八」則有如稱為某記。

92下棋的對手因在對抗，故有敵意，但又互相需要，日本落語有《笠棋》一篇，最能演出這種特殊情意。今稱為棋冤家，似比棋敵稍好。

93 正經談話中間，大小方便的話固然禁忌，即嘔吐等也嫌骯髒，提及時當致抱歉之意。

94 日本古時祈禱服藥，常以七日為一週期，大概從佛教中來，與後來星期的辦法暗合。

95 這一節描寫無學識的醫生誇口亂說，對話中也就借用古人名字，仲景即漢張仲景，孫邈為唐孫思邈的略稱，丹溪即朱丹溪，元朝名醫。

96 《外臺秘要》係唐王燾所著的醫書，《千金方》則是孫思邈所著，這裡混合在一起了。

97 原本係白居易詩句，見於公元十世紀末日本所編的《和漢朗詠集》卷上，「雪似鵝毛飛散亂，人披鶴氅立徘徊」，原題為〈酬令公雪中見贈〉。醫生只記得文句，把好些字又讀訛了，如鵝毛與鵝棒讀音相像，鶴氅與膈症，徘徊與俳諧音均相同，便胡亂地拉來作為醫理的解釋了。

98 關羽張飛不曾拿棒，此蓋是把丈八蛇矛拿來附會，雖然鵝字仍無著落，說大話的人卻也不管了。

99 俳諧係俳諧連歌的略語。連歌即是聯句，乃是將日本的一首短歌分為上下兩截，即上句十七音，下句十四音，由兩人分作，合成一首，也有聯下去很長的，有三十六句，五十以至一百句的連歌。俳諧連歌的形式也是一樣，只是規則稍有不同，又詞句多涉滑稽，正如它的名稱所表示那樣。由俳諧連歌縮短，只剩第一句十七音，這就成為後來的俳句了。

100 歌仙即三十六韻的連歌。公元十世紀有人選取古歌人三十六名，仿「飲中八仙」的例，稱為三十六歌仙。因此成為一個故典，三十六句的歌也就稱作「歌仙」了。

101 五十韻百韻原係連歌的事，「留韻」則無此名目，乃是醫生信口亂道，把病名的「溜飲」同音假借，說成一起。

102 連歌中原有一項「避忌」的規則，這裡利用雙關的意思，來說病人的食忌。

103 鸕鶿病無此病名，也是醫生信口開河的話。

104 日本的漢方醫生均自帶藥箱，開方配藥，自己使用藥匙，合於古代刀圭的說法。

105 日本舊時稱中國為唐，唐本即是中國書。日本人讀漢文，使用一種標點，表示句法讀法，即可瞭解。新書當然無此種標點，醫生這話也在表示他的一知半解。

106 此處又在藉醫生的嘴，嘲笑那些不通的人們。他們假裝通文，知道雞蛋文言云雞卵，說到鴨蛋覺得

俗語欠文雅，普通又不使用鴨卵的音讀語，所以說為「鴨子卵」，反而顯得文理不通了。

107 藤原成通係古代公卿，以善於蹋球著名，著有《鞠譜》一書。

108 這裡也借用古人的名字，參看注95。

109 丁字帶在日本稱作褌（fundoshi），亦稱下帶，係將橫長的帶子繫在腰間，直長的一條由前轉到後邊，兜住陰部，便入橫帶上。著時先繫橫帶，不讓直條拖在地上，拿起來卻夾在下巴底下，大概在著者寫作的時候一般已不如此，所以稱為舊式。

110 笠帽本來是遮蔽太陽的用具，平常也有人使用，特別是帽簷稍深，為的好掩蓋眉眼，不讓人家看見，容易認識。

111 神田明神每年五月出巡境內的時候，先有人著外褂，戴長鼻妖怪天狗的假面，撒布印有牛頭天王四黑字的紅紙小片，口中高唱道：「天王老爺愛嚷嚷，小孩們嚷吧，哇哇地嚷吧！撒吧，撒吧，撿拾吧！嚷呀，嚷呀，哇哇地嚷吧。」以此一名云哇哇天王。

112 小笠原流係舊時講究禮節的一種流派。最是正宗，也最煩瑣討厭。

113 茶粥是用茶汁所煮的粥。

114 佛教徒稱人死為成佛，死人亦均稱佛爺，這裡所說即是祖先的忌日。

115 八杯豆腐的作法是用水四杯，醬油酒各二杯做湯，薄片細切的豆腐加入共煮。

116 鰹亦稱松魚，取背肉蒸製曬乾，稱為鰹節，用時刨成薄片，加菜肴中為調味料，中國名為木魚，因其形如木頭。

117 日本俗名惠比須，亦寫作「夷」字，係七福神之一，古衣冠，腋下挾大頭魚，右手持釣竿，商家多奉事以求得利。每年正月二十日及十月二十日定為惠比須祭，召集親戚故舊，置酒宴享。

118 糯米煮粥，入麴令發酵，加熱喝用，配以薑汁，甘美可口，為夏季普通飲料之一，因係熱吃，故擔賣者必攜帶一個銅鍋，參看注127。

119 薩摩炒米係於炒米中加入切碎的山芋，再加白糖醬油煮成，山芋俗名薩摩芋，故名。

120 原文云「冥利」，神佛信徒的口氣，謂冥冥之中所給與的利益。

121 日本房屋多用木造，惟當作庫藏的房間乃用磚牆，故名土藏，其掘地造成者則名穴藏。

122 俗語謂人因浪費金錢的結果，受到惡報，名為金罰。

123 「股子」原語云「株」，據說舊時江戶澡堂有定額。共計五百七十餘戶，澡堂股子每株值銀三五百以至一千兩云。這裡是說夥計在本堂入有股本。

124 北京稱油條為果子，今借用與股子雙關。原文云「大頭菜」，只有買了來做醬湯，大頭菜（寫作「蕪」）與股子的「株」讀音相同。

125 意思不明白，大概是說愛漂亮的人厭棄厚棉襖，改用薄棉，是奢華的起頭。

126 江戶時代，《二十四孝》在日本很流行，這裡說的即是孟宗的事，卻又傳訛，與郭巨混在一起了。

127 參看注118。紫銅俗語云唐銅，這裡在講唐人的故事，用語亦含有雙關的意味。

128 原文云「上下」，用古文應作「帔」吧，在正式衣裳裝束的上面，加上背心似的東西，算是舊時的大禮服。

129 藝妓直譯應稱「賣藝的」，因為她們號稱賣藝不賣身，是與妓女有別的。幫閒原文意云「掌鼓的」，據出口氏注說，六齋念佛會以金鼓為節，二人分掌，不能相兼，清客侍奉財主遊玩，自己不出錢，用掌鼓的不掌金的雙關語，乃有是名。

130 這譯語不很確切，原文只是茶屋，但這在吉原卻並不是吃茶的地方，舊時遊客先到茶屋，召集藝妓等人，酒宴歌唱之後，由茶屋的人送到妓館去，有些高等妓女專在茶屋接客云。其實也可譯作「拉縴的茶館」，但很易誤會，所以索性改為意譯了。

131 「滑倒了躺下了」，原是俗語，說這樣那樣地出了許多事情，今依照前後口氣，保留直譯。

132 出口氏注云，大概在完啦之下戲加大明神之稱，或者當時有讀音相似的神名，所以模仿來說亦未可知，但未能查明。

133 「茶磨子的本事」謂學無專長的技藝，這裡又雙關下文茶室。「掛在鼻子上」原意只是傲慢自誇，但因保存滑稽意味，故今保留直譯。

134 舊時舉行茶道儀式的小房間，造得樸素而很講究。

135 俗諺云，「讀《論語》的不懂得《論語》」，譏刺讀書人。今又轉訛，豐後（Bungo）地名，以歌曲豐後調著名，讀音與「論語」（Rungo）相近。

136 這個幫工名叫三助，本是鄉下人普通的名字，因為澡堂裡管舀水搓澡的人名叫三助的很多，後來便成了這種幫工的通名了。

137 神功皇后生於公元二世紀末，曾攝政七十年，正當中國三國時代，在歷史上很有名。

138 道士原本係指神官，道婆則是巫女，執竹枝亂舞以降神，口傳神語。

139 雀入大水為蛤，見《禮記．月令》中。本是古來傳說，當然不是事實。明謝在杭在《五雜組》卷二中說得很妙：雀入大水為蛤，北方人常習見之，每至季秋，千百為群，飛噪至水濱，簸蕩旋舞數回而後入，其為蛤否，不可得而知也。

140 《庭訓往來》係僧玄慧所作，用一年間的書信形式，教授兒童以民間事物的名稱。今川了俊曾著書訓誡其弟，後世稱《今川帖》，作為訓蒙之用。《萬寶全書》原名《雜書》，性質頗相同。《年代記》係紀年體的記事書，以上均為舊時民間據為典要的書物。

141 意思是說兔耳朵那樣的長。

142 「名角」原文云「太夫」，舊時各項藝人多稱太夫，本與大夫相同，後來讀音變作「太由」了。

143 俗語有「犬死」一語，謂死得像狗一樣，表示不值得，這裡模仿了說「鰻死」，姑用意譯。

144 日本舊時幣制，雖是金銀也是用兩，辦法與中國稍有不同。兩以下並不用十進的錢與分，銀一兩分作四步，一步又分作四銖，這裡原文云三兩二步幾銖，正當應是三兩五錢多。

145 俗語謂貪得為「長著貪心的皮」，這裡說投機事業家貪財失敗，吃了很貴的燒鰻，雙關的說，故云鰻皮一定很硬吧。

146 在熱水裡浸得時間太多，引起腦充血，人事不省，俗稱中了熱氣。

147 民間醫治羊角風的符咒，據出口氏注，在近二十年中也還有些地方，施用這種方法。

148 鬼箭風係中國東南方言，指肩背忽然劇痛充血的疾病。

149 模仿尋找迷失小孩時的鑼鼓聲。

150 上文自甲以後，說話的人不曾標明是誰，今姑以干支為序，可能有些說話的是同一個人。

151 舊時食物之一，竹枝上端劈作四叉，各穿小團子一枚，狀似菖蒲花，故名。

152 金時豆見上文注45。

153日本在十八世紀末始有補碗的方法，乃係用藥將陶片黏合，其用小銅釘鍋合蓋是中國特有，故此處不用釘碗的名稱。

154據三田村氏注，補碗大抵只是小件，這裡有人叫補水缸，乃是故意開玩笑，所以補碗的這樣回答。中國別有補缸的人，用鐵沙鹽鹵補缸縫，抑或使用鐵鍋，日本似無此種補法。

卷上　中午的光景

浴池內的光景

浴池內有人敲板壁：「咚咚咚！——還不對水，不對水麼？熱呀，熱呀！」

另一個人：「別對水！要變成涼水了！」

夥計：「熱水出來了。」

舀水的幫工：「噯！」拿了專用水桶出來。

一個顯得是好管閒事的老頭兒，用著腳把洗手巾的小桶歸併在一處：「喂，小夥子們！洗浴湯要好好的洗呀！老人們走起來危險，這要滑咧。還有這小桶，也沒有這樣擺法的。連走路也沒有了。喂，那水槽的水滿出來了！誰呀，把米糠袋倒了的？這個模樣呀！亂七八糟。喂，喂，腳底下踩著了膏藥了！呃，骯髒得很。嘿，嘿，吐痰咧，掉瘡痂兒咧！嘿，嘿，哎呀哎呀，全沒有秩序。南無妙法蓮華經！」從石榴口

向裡邊一探望：「呀，好多的屁股呀！喂，對不起！你們都幹的不對。別老堵著門口，往那中間去吧。後來人就要進不來了。而且又老是那麼樣地坐著，那是不是事呀！——嗳，老人來哩！啊，這是很好的澡湯呀。說這湯太溫和的人，去浸到鍋爐裡去，或者把這格子卸下了，走進鑊裡去好吧。啊，啊，好得很，好得很。南無妙法蓮華經！」

甲唱歌：「清盛老爺是火的病，我們是……」[1]——喂，老頭兒，那麼浸到那裡邊去，那跟馬可是麻煩呀！[2]你覺得熱，那麼用一片醃菜，拿來攪一下子就好了。[3]咦，水開上來了。了不得！熱水沁到蝨子咬過的孔子裡去，舒服得很！全體都長了梅花鹿的斑紋了。蝨子這東西倒也不是全然要不得的！」

乙唱歌：「偷偷走近來的小燈籠，伊吾呀，伊吾呀的叫了來看，可愛的吉松是同了誰睡了？喂，喂，若是同阿爹睡了，那好吧好吧。」[4]

丙唱歌：「即使是山裡的三家村也好，若是同了你兩個人過日子……」[5]

丁：「哼，畜生[6]，同意同意。好好地幹去吧！」

戊潮來調的幫腔：「嗳，了不得，再來吧，來吧！」——胡亂模仿彈三弦：的古的古丁冬，的古的古丁丁，的古嘣嘣！

己：「喂，別鬧別鬧，三弦要崩了。」

戊：「啊，對不起！」

庚：「呀，出來了，出來了！跨了過去，大家原諒！」

辛：「好大的腎囊呀！這和腦袋去撞一下，腎囊飛到空中去，成了怪氣的魂靈了！」[7]

壬：「阿吉，從頭若是打了金，那就非得連馬不可了吧。[8]從屁股那邊放上銀，繫上丁字帶好了。」

癸：「且別管，跟飛車給吃了，同角將一般吧。[9]去你的吧！——喂，出來了，鄉下佬，鄉下佬！」

西部人把別人的丁字帶錯當作手巾

從西部地方初到江戶來的人，不知道澡堂的情形，大睜著眼矗立在那裡，看見洗褲子用的淺木盆裡泡著一條新的泥兒式丁字帶，[10]說道：「這真是很對不起的事情！熱水也舀好了，連手巾都加在裡面，這是太難為了。」

他把自己的手巾絞乾了，晾在曬褲衩的竹竿上邊，卻將那新的泥兒帶從熱水裡掏起來，開始洗臉：「這個熱水怎麼是有一股臭氣的呀，呀，臭呀，臭呀！這是怎的，是什麼呀？」可不是人家用過了的麼？啊，浮著這些油。哎呀呀，那麼閃閃有光的，好像是洗過鯨魚什麼似地！怪氣的味兒，把它倒了吧。」將熱水澆在身上，拿著木盆到

舀熱水的那地方去。

舀熱水的：「你拿這木盆到這裡來，可是不行呀！[11]還是放在那地方，拿小桶舀了去倒吧。」

西部人：「哎，哎。」舀熱水的人以為他是要洗褲衩，所以這樣指揮，那漢子聽了指揮，回到原來的地方，特地拿了小桶舀水去，倒在洗褲衩的木盆裡使用。

西部人：「這手巾原是新的，怎麼會得這個樣子，這裡那裡地都弄髒的呢？好像是丟進陰溝去過的樣子，這樣骯髒。」把泥兜丁字帶攤開來看，見到前後都有帶子釘著：「在這裡前後都釘著帶子，大概把這物事包到頭上去時候，用這帶子好套在下巴頦兒底下的吧？這倒是很方便的呀！」將帶子捲在臂膊上，拿褲衩團作一團，遍身擦洗。

有上方人[12]從浴池裡出來，走到木盆旁邊，四面觀望：「啊，這怎麼啦？剛才泡在這裡的褲衩沒有了！還沒洗過的東西，不會得丟掉的。無論怎麼找總是不見，這真是怪事了。」看見西部人拿著當手巾用，正在洗臉，大吃一驚道：「喂，這了不得！那裡不是你的手巾麼？」

西部人：「哎，哎。這物事原來是擱在木盆裡的，我自己帶來的手巾，是掛在這兒哩。」

上方人：「呀，壞啦，壞啦！你真胡亂亂搞的人呀！那不是手巾，乃是我的褲衩啊！用褲衩洗臉，真是傻子。是給狐狸精迷了呢，還是發了瘋？你，是在幹的什麼呀！趕快把身子淋一下子吧。真是惶恐得很！」

西部人聽了這話，也大吃一驚：「難怪，我覺得這麼油膩得很哩！再過一會兒，就要全洗乾淨了。嘿，嘿！這個，這個，回想起那臭氣來，啊呀呀，啊呀呀！」把褲衩拋在木盆內，走進浴池裡去了。

上方人：「哈，哈，哈！哈，哈，哈！了不得的大傻瓜呀！這倒是比我自己洗的，還要好得多哩。因了偶然的事情，得到了意外的僥倖。呀，這並不是因了偶然的事情得了意外的僥倖，乃真是因了褲衩的事情得到了泥兜的僥倖了！[13]這不是很好玩的雙關話麼？哈，哈，哈！」

注釋：

1平清盛係十二世紀時將軍，因患傷寒而死，相傳說是火症，川柳諷刺詩有清盛進浴池去，嗤的一聲，形容水沸云。原歌尚有下句，云我們乃是因了妒忌的氣的病，原是女人的口氣。

2這裡是雙關的遊戲語。上文澡堂燒水的鍋爐原文云「鐵炮」，蓋謂形似。此處連帶的說及吉原附近的「鐵炮店」，乃是下等妓女，代價係分為二百文一段，若住夜則定為四五段，又別有花費，所耗或過於吉原。吉原舊例有嫖客欠錢不能付給，由人跟隨同去，設法借錢償付，其人稱為跟馬。

3日本舊時飯後飲茶，以醃菜一片為下茶之物，茶太熱時或即以菜（或瓜類）入茶中攪動之，三田村

氏云這裡所說即指此事。出口氏則云係利用傻女婿的民間故事，本事大概分布頗廣，只記得《北安縣郡鄉土志稿》中記有一則，說傻子住鄰家洗浴，因浴湯太熱，大叫「請拿一點醃菜來」云。

4據三田村氏注，此乃是民間流行歌，見於一八〇八年出版的《小歌志匯集》中，惟首句作「從對面走近來的」。所說係有名舊戲《忠臣藏》中的事情，伊吾為天河屋的徒弟，見原戲第十段。吉松蓋是來訪的女人阿園的愛兒，歌詞即從戲文演繹而出。

5這也是民歌，下文尚有「竹的柱子茅草的屋頂，我是一點都不嫌」兩句。

6這裡畜生一語並非罵詈，乃是感動悅服的意思，所以接下去是激勵的話了。

7日本俗信，人的魂靈在空中飄蕩，狀如火焰，形圓有尾，蓋因磷火而聯想出來的吧。

8睪丸一語，日本除音讀之外又讀若金彈，此處利用雙關，說到象棋的上邊去。日本象棋與中國的似是而非，主帥曰王將，又有金將銀將，近似中國的士相，即本文所說的是。馬即棋子之稱，在敵我之間著一棋子以阻隔之，稱為連馬。下句則說在敵方隔著一格相併放著的金與金之間，即在其直下著一銀將。屁股與丁字帶等，則因與睪丸雙關而連帶使用出來的。

9飛車與中國的車相似，角亦稱角將，其作用與馬相似，而更是有力。因為並不限定兩格。

10泥兜式丁字帶係褌衩之一種，其特色是在直條的末端也釘有帶子，用時將橫條在腰間繫好之後，其丁字的直條由後向前，通過橫帶，再將前端的細帶繫於頸後，以免散落。因直條前後有帶，其狀如民間搬運泥土用的土籠，平常用稻草編成，中國北方瓦匠也還使用，不過係用布類所製罷了。

11這裡的熱水係供出浴後洗淨之用。有人專管舀水，不讓浴桶挹取，至於洗褌衩的木盆更是看作不淨的了。參看上文注13。

12日本舊時京都在關西，今稱西京者是，行道由關東即江戶方面往京，稱為上行，往東則為下行，故大阪西京一帶向稱上方，至今沿用。

13偶然的事情得到意外的僥倖，係舊時諺語，今以雙關語做遊戲，原文「偶然」與「丁字帶」，「意外」與「泥兜」，讀音甚近似，惟在譯文上無法保存，所以說得不免有點支離了。

卷下　午後的光景

小孩們的喧鬧

賣甜酒的：「御膳白菊，甜的，甜的，甜的！」[1]

小孩一大群，手腳全是墨汙，像黑人一個樣子，只有眼睛發著光，亂七八糟的跑了進來，乃是八點過從書房裡習字班散出來的。[2]

阿龜：「啊略亮龍頭，[3]啊略亮，亮亮亮亮！——阿松什麼，真是不好打交道的傢伙！我頂不愛。那麼的大家豁過蟲拳，[4]不是定下了次序的麼？——喂，放手吧！衣服扯破了，回家去是要挨罵的。你家裡媽媽反正不肯給我來縫好！」

阿松：「大大的給縫啊！喂，拿出來！」

阿龜：「多麼會說話！可是到了那時候，就要來一個攤眼[5]吧！——喂，放手，放手！我要去告訴你家去！」

阿松：「這倒是很好玩的！如果是男子漢，就去告訴去！」

阿勝：「怎麼呀？你們真會得吵架。——阿吉，對不起，對不起了。」

阿吉：「我，累了，我累得很。洗澡吧！誰早早下去的，就是好孩子。」

阿又：「洗澡洗了之後呀，我們不再來玩那個，那彈貝殼的玩意兒麼？」[6]

阿鐵：「我不！」

阿又：「是不好打交道的傢伙！那麼從此以後不再來同你玩了！」

阿鐵：「不玩也好吧。我就同金哥和幸哥去做戲玩去哩。石階上打仗[7]的身段好不威武啊！」

阿又：「哼，唔，那麼，讓我也來入夥吧！」

阿鐵：「你，那麼就當那捕快吧。」

阿又：「我可不當！」

阿鐵：「你瞧！像你這些人，平常戲也不看……」

阿又：「嗳，前幾時去了！是姐姐休假回家[8]的時候去的。」

阿鐵：「我是，從師傅那裡下班之後，每天都去。」

阿又：「可是，你還是那麼的拙。」

阿鐵：「就是拙也用不著你操心。你不用管啦！——同了新哥、龜哥和平哥三個人，我們演高麗屋，三津五郎和半四郎的打仗身段。[9]在那個，那個，那裡家裡的樓梯上，撐著雨傘，瞪了眼[10]做出一個把勢，阿龜那傢伙咚的跌下來了。臉上像是要哭的樣子，奶奶說好能幹好能幹，高麗屋這腳色是不會得哭的，這才沒有哭了出來。」

阿又：「這是多麼沒用的哭蟲[11]呀！」

阿幸：「鐵哥，這個，我送給你吧。」在小孩們之間，這孩子是最老實的一個。對於老實的孩子，朋友裡淘氣的傢伙對於他也自然而然的是別一種口氣。

阿鐵：「幸哥，這多謝了！這傢伙好得很哪，是豐國的畫呀！[12]老又，這威勢多棒啊。」

阿又：「唔，這個源之助[13]畫得真好！我們那裡是，大家都是，捧源之助的，什麼送給公館去，送到上方去的，那個，都只單買了源之助的畫送去的。」

阿吉：「哼，多髒呀！你說起話來，總是把唾沫噴到人臉上，這是不行啊。」

阿又：「請你原諒吧！可你不也是聤耳臭得很麼？」

阿吉：「那是病嘛，不久就會好的。倒是你鼻孔底下是那麼通紅的！」

阿又：「噯，這也是蟲的毛病嘛！[14]我可不像你那麼樣舔鼻屎哩。」

阿吉：「噯，我也不像你那麼樣吃指甲呀！」

阿幸：「吉哥和又哥都不是吵架呀。大家來切一下指頭，[15]來和解了吧！」

二人：「嗳！」

阿又：「喂，你伸出來吧！」

阿吉：「你先伸出來呀！」

阿幸：「從此以後大家要好，來取一下油保單[16]吧。——喉頭一個大字，父母頭上三株松樹！呼，呼，呼！」[17]

阿勝：「喂，龜哥，給你這本書，也叫我當一個演員吧。」拿了一本繡像的合卷[18]給他，表示聯絡。

頑童首領阿龜：「唔，多謝，那麼你入夥吧。後來，你充當什麼呀？隨後要演仁木彈正出現這一幕，幸哥扮作團十郎的男之助，從板廊底下出來，你那時就裝作老鼠，銜著卷子鑽出來吧。」[19]

阿勝：「我不幹！那麼，是要給幸哥用摺扇打的。我不幹，我不幹！只是爬了出來，在頭上打上一下子，那就什麼威勢都沒有嘛！」

阿龜：「那麼，那個，你在被幸哥踏著的時候，你來瞪著眼睛，亮一下子相吧。」

阿幸：「我可不幹！這麼著，便是老鼠要比我男之助更強了！」

阿勝：「我也是不幹！我當老鼠瞪著亮相，那麼幸哥要痛打我的頭罷。」

阿龜：「既然如此，後來再說吧。——喂，大家進去吧！啊略亮龍頭，啊略亮，亮亮亮！——」

在浴池裡邊，嘴裡含了熱水，四面亂噴，或是用手敲打，用熱水互相澆頭，鬧得很厲害。

夥計：「呔，不安靜一點麼！這班小孩子真會吵鬧呀！武部源藏先生[20]手下的學生都是頑童嘛。喂，你們不安靜一點麼！」

甲：「啊，夥計生氣了！」

乙：「大家都注意：無言！」[21]

丙：「竹鶴龜松君，學習！」[22]

丁：「千萬億二郎君，學習！」

夥計：「還是鬧麼！」

戊：「你瞧！這都是你呀！」

己：「什麼？是你起頭的。」

庚：「不是我！那是那個孩子呀。」

辛：「明天還得要被扣留的吧，我給告訴老師去。」

壬：「羞！」[23]

辛：「唔，好臉子！」

壬：「羞！」

醉漢的入浴

倒醉漢搖搖擺擺的走著，直著眼睛，裝出氣烘烘的神氣，像是過路人，隨後走了進來。

醉漢：「這，這，這個夥夥計，啊，在麼，不在麼？」

夥計：「喳，是在這兒。」

醉漢：「賓，賓頭盧的小工[24]似的，拿，拿大鼎，[25]幹，幹麼，高高的在那兒呢！嘩哈哈，哈哈！」一面裝出可怕的臉，時常吐出舌頭來，大聲的笑。——「你大概是澡堂子的夥計了吧？」

夥計：「正是。」

醉漢：「沒，沒有錯麼，夥計？名字叫什麼？名字是叫夥計麼？是夥計三津五郎麼？[26]我，我看過去可是有六個，那麼是夥計六身五郎吧！——洗澡幾何錢？十文麼？」拿出錢袋來，看著錢櫃上頭所貼的紙條：「什麼？奴四文嗎？唔，奴是四文，和尚多少呢？漢子十文，奴如果是四文，那麼和尚可不是白洗麼？[27]噯，夥計，怎樣，對不對？」

夥計笑著：「嘿，嘿，嘿！這不是說奴四文。這乃是米糠四文。」[28]

醉漢：「唔，什麼，米糠四文麼？唔，唔，這個奴字用力的寫，便讀作奴了。[29]如果是米糠，那麼寫得像糠字，叫大家都懂得那樣寫吧！這奴字往上寫去，可以讀作細鬢奴，往下來便是剃下奴了。[30]夥計，你不知道麼？」

夥計：「是，我全不知道。」

醉漢：「你不知道，就饒了你吧。——那個糠，連袋是四文麼？」

夥計：「不，單是糠四文錢。」

醉漢：「哼，糠錢麼？」

夥計：「是。」

醉漢：「哼，那麼——呃！（打飽嗝）去叫喊著說，糠錢夥計錢四文，走著賣豈不好麼。嘩哈哈，哈哈！」笑著回顧四面的情形。「什麼，那是藥的廣告麼？」

夥計：「喳，那正是的。」

醉漢：「種種的方法弄錢呀。」

夥計：「是。」

醉漢：「單靠澡堂不夠澆裹麼？」

夥計：「是，受各方面委託銷售，沒有辦法給他們代銷的。嘿，嘿，嘿！」

醉漢：「哼，凍瘃手不拉膏？夥計。」

夥計：「噯。」

醉漢：「為什麼凍瘃手不拉？」

夥計：「噯。嘿，嘿，嘿！」

醉漢：「不呀！腳上有了凍瘃，不好走路，那麼叫人拉了手，豈不好麼？但是，在手上有了凍瘃的時候，腳是不拉的，那倒是不錯的。痛得一腳都走不動的事情，可能會有，手不能拉的事情未必有吧，對不對？但是，有麼？夥計，為，為什麼是凍瘃手不拉膏呀？」

夥計：「噯，這是說貼上去，手還沒有拿開[31]就會好了，只是這個意思。」

醉漢：「嗨，真是弄不清楚的夥計。手不拉的事情哪裡會有呢？——啊，這邊是風流，八人丸不是的，那麼，是八人湯呢，還是八人散呀？」

夥計：「噯，那是八人藝。」

醉漢：「哼，藝麼？呀，那是不知道的藥呀！說什麼風流，那麼是風邪藥吧。」

夥計：「不，這叫作八人藝，是一個人表演八個人的藝技的。」[32]
醉漢：「啊，你賣的奇妙的東西呀。要賣多少錢？」
夥計：「不，這不是出賣的物事。也還不是看的，這乃是聽的東西。」
醉漢：「啊，正因為有效，[33]所以是好呀。」
夥計：「大概是六十四文吧。」
醉漢：「啊，便宜得很，一個人算是八文。比澡堂的錢還要便宜嘛。吃了這藥，演起八人藝來，一個人八文，八八共計六十四文，洗澡的時候只要付給一個人份十文錢。結算下來，每回有五十四文的贏餘。因為如此，所以請等一下子。喂，夥計，這雖然不是出賣的物事，至少不能賣給我一半麼？」
夥計：「啊，你完全聽錯了。那叫作八人藝，是個人哪。」
醉漢：「是人，那是知道的。」
夥計：「不，這不是在這裡做的，乃是在別的地方做給你聽。」
醉漢：「是嘛，因為有效，所以要買啊。無效的藥有什麼用呢？」
夥計：「不呀，那是演技的瞎子呀。」
醉漢：「嗨！這個夥計真是怎麼說了也不會懂的傢伙。唉，醉了！呃！（打嗝）唉，真是麻煩透了的人。」又皺著眉頭，四面張望著。「那個，那邊是什麼呀？呀，寫得有點認不得。我認不得，那麼誰也不會認得的了。夥計，那個，那，那是什麼

呀？」

夥計：「噯，那是讀作戲讀談[34]的。」

醉漢：「唔，是解毒丸麼？」

夥計：「不，那就是落語呀。」[35]

醉漢：「唔，唔，出賣種種的東西，生意真做得廣呀！所以上那麼高的地方去坐著的嘛！哈哈。——那個那個，那藥是第一了！這是說不出的妙藥。呃！（打嗝）夥計，呃！（打嗝）唉，醉了醉了。——那個物事，叫作夜巴伊的藥，無論怎麼樣是非賣不可的。這回就是說不賣，也還要買。」

夥計：「那是什麼？」

醉漢：「那，那個，那個物事，那夜巴伊的藥呀！」

夥計：「噯，那個麼？哈哈哈，哈哈！那個呀，您知道，乃是夜巴利的藥啊！」[36]

醉漢：「夜巴利是什麼？」

夥計：「這是醫小孩溺床的藥呀。哈哈哈！」

醉漢將廣告重念一遍，也哈哈大笑。「這裡給你十二文，連米糠也算在裡邊吧。還有手巾，要新的借給我一條。洗一個澡去醒醒醉吧。阿唷嗨！[37]這個，夥計，我的草履不論是長刀也好，長槍也好，[38]給人錯穿可是不行的啊！如果穿錯了，那麼我要拿一雙皮底的[39]做賠償的。夥計，你用心看著。」說罷，要向樓梯那邊走去。

夥計：「噯，喂喂！樓上是人家包了的，請你到底下來吧。」

醉漢：「夥計，你老是說什麼話。到處都是在樓上脫衣服，說是包了，是怎麼的？一年三百六十天，晝夜十二時間，飯也不吃，茶也不喝，家裡的事也不辦，包了這樓房，老洗著澡，這樣的人哪裡有呢？如果是有的，那麼叫他到這裡來！我來對付他。假如有包租的傢伙，那便是居心不良的人，我來說明利害給他聽。」

夥計：「不呀，說是包租，乃是衣櫃[40]都給店鋪的爺們租去了，沒有脫衣服的地方。你倒真是不懂得情理，應付起來很麻煩的人啊。」

醉漢：「夥計，什麼，我倒真是不懂得情理，應付起來很麻煩的漢子？」

夥計：「可不是！那是那些店鋪的……」

醉漢：「不呀，店鋪也好，柿脯也好，我的衣服我自己來脫，我的腎囊自己捏著，我自己洗澡，那都是我的自由。澡湯是你那邊的物事，錢是我自己的物事，所以洗了澡之後，如果那包租的人有什麼閒話，我等身上的湯氣都涼了再回去，那時候你把洗澡錢也歸還我好了。什麼，這樣懂得情理的事再也沒有了吧。——什，什麼！在那裡的傢伙看了我在笑。這人豈有此理！有什麼可笑？呔，到這裡來，我來對付你！你，不滾下來麼！」

醉漢續前以及雨傘店六郎兵衛的出喪

樓上的夥計[41]看不過去，從樓梯上面來勸說：「喂喂！請到這上邊來吧。」

醉漢仰起頭來看：「什麼？你是什麼人？現出真形來吧！」

樓上夥計：「噯，我是管這樓上的人。」

醉漢：「唔，管樓上的麼？」

樓上夥計：「是的。」

醉漢：「是還沒有修練成大夥計的麼？[42]好吧，好吧。這麼的樣，我就算了吧。喂，夥計，像樓下的漢子那麼不懂事的人是再也沒有的了。」走上樓來。樓上的衣櫃都是包租的，門上都貼著紙，上邊寫著各家的記號。醉漢向四面望了一下，「喂，夥計，你喝的是什麼呀？」

樓上夥計：「噯，是香煎[43]。」

醉漢：「哼，不是八人藝麼？」

樓上夥計：「不，不是那麼樣的東西。」

醉漢：「這要錢麼？」

樓上夥計：「不，這不是出賣的東西。我因為不喜歡喝茶，所以吃著這個。這是我一個人所吃的物事。」

醉漢：「唔，那麼這就瞭解了。——分給我一杯喝吧！」喝了一口。「呃！（飽嗝）噯，這醒酒是很好的。」

樓上夥計：「是。」

醉漢：「是不要錢吧？」

樓上夥計：「是。」

醉漢：「那麼，再給我一杯吧。」

樓上夥計：「是，是。」

醉漢再喝：「噯！好得很！夥計。」

樓上夥計：「是。嘿，嘿，嘿。」

醉漢：「這醒酒是很好的，夥計！」

樓上夥計：「是，是麼？」

醉漢：「哈哈，夥計，你在吃什麼像是好吃的東西。那是什麼呀？」

樓上夥計：「因為太是無聊了，買了點什麼，當作下午的點心來吃。」

醉漢：「唔，下午的點心麼？我倒也想點點心哩。哈哈，包在竹箬裡的，咦，這個，夥計，當然是你買的吧，可是，這也分給我一點，怎麼樣？光是拿給人看著，那是不行的啊！」

樓上夥計：「嗳，這是咬過了的，不乾淨呀。」

醉漢：「什麼，一點都沒有妨礙。這叫作什麼呀？」

樓上夥計：「嗳，那個是叫作阿市的一種點心。」[44]

醉漢：「唔，如果是阿市，那該是饅頭吧。[45]啊，這就是看了，也可以醒酒。」

樓上夥計：「喂，這麼的用手去摸它……」

醉漢：「為什麼不行呢？你吃的東西，我去摸了，這反正於你無礙，用不著打招呼。那麼倒還是把手舔過了，又去摸別個，再來舔它，那更好吧。喂，夥計，再給我來它一杯。」

樓上夥計：「是。」這回夥計勉勉強強的倒了一杯香煎，把點心的紙袋拉到一旁去。

醉漢舔著手指，一口口的喝茶：「摸了糖之後，再來舔手指頭，又是特別的好，夥計。放在這茶湯裡邊的東西，就是這點心的碎末吧？」

樓上夥計：「不，不，這乃是香煎。」

醉漢：「哼，從哪裡去要了來的呢？」

樓上夥計：「這個，您知道，是買了來的。」

醉漢：「哼，拿出錢去買的麼？夥計，這醒酒真是很好的。」

樓上夥計：「是。」臉上皺著眉頭。

醉漢：「再給一杯！如果麻煩，就把那開水壺和粉罐借給我，拿過這邊來吧。好讓我隨意的喝。夥計，這醒酒是很好的。洗了澡之後來喝，也不要錢麼？」

樓上夥計：「是。」

醉漢：「那麼著，先去洗一下子，洗了澡之後再來喝吧。好容易這總算是脫光了。夥計，那個，那像摔跤的人的灸瘡似的，貼著紙的那些櫥門是什麼呀？」[46]

樓上夥計：「那是包租了的衣櫃。那紙上寫著的是各店鋪的記號。」

醉漢：「哼，在那小小的衣櫃裡，有人鑽在裡邊麼？」

樓上夥計：「不，那是放衣服的櫥子。」

醉漢：「我還以為，那包租的傢伙就睡在這裡面呢。這席子不是包租了的吧？」

樓上夥計：「對。」

醉漢：「唔，不要錢吧？」

樓上夥計：「是。」

醉漢：「那麼好吧！呃！（打飽嗝）夥計，且去洗一個澡，再來喝吧。醒酒真是很

好的。」搖搖擺擺的走下樓梯來。

金兵衛：「來了要不得的人。就是倒醉，也不能那麼太過分的。對不起，夥計爺？——源四郎，那可不是個奇妙的傢伙麼？」

源四郎：「對呀。我從剛剛就想從旁開口，可是想吵起架來不好，所以忍耐下來了。」

樓上夥計：「啊呀呀！真是意想不到的傢伙！」

源四郎：「呀，聽說雨傘店的六郎兵衛故去了。」

金兵衛：「啊呀，那是可悲傷的。」

源四郎：「金兵衛，你也要去弔的吧？」

金兵衛：「因為是很久的相識，所以也要跟著去吧。出喪是明天的什麼時候呀？」

源四郎：「大概是四點[47]吧。寺很遠哩。」

金兵衛：「啊，是哪一方面？」

源四郎：「聽說從目黑的章魚藥師[48]走下去，還有十五六町的路呢。」

金兵衛：「那是很遠很遠。照平常的樣子，說是四點，總要拖到四點半，或者到得九點，[49]但是這回因為遠，或者早點出發吧。」

源四郎：「是吧。不過出喪不管遠近，反正總是耗費一天的工夫。回來以後，什麼事情也不能幹嘛。」

金兵衛：「正是呀。而且，方向也不好呀！說不定送葬回來還要花費兩天哩。」[50]

源四郎：「也會得有出事的人吧。」[51]

金兵衛：「六郎兵衛晚年很不差。兒子們都長得勻稱，也都壯健，女兒們各各出嫁，連孫子也有五六個了。現在老了，[52]沒有什麼放不下的事情。那個人在年輕的時候辛苦過來，所以年老了過著快樂日子。現今的小夥子是老來要辛苦了。一生行為正是顛倒過來的。唉，是很久的相識了嘛！南無阿彌陀佛，啊啊，南無阿彌陀佛！」

源四郎：「那一班下蹩腳象棋[53]的人們，又像蒼蠅似的聚集起來了。」

澡堂樓上的象棋

五六個人聚集一處，在下象棋。

太吉：「咦，橫街的宗桂[54]出馬啦！又是想來輸一回的吧。」

源四郎：「什麼，這個下屎棋的，太吉什麼，先給他一點糖舔，他就真以為是得了

勝了。」

太吉：「喂，那麼，以後就教訓你一下吧。」

源四郎：「去吃你的屎去唄！[55]我叫你要叫苦不迭哩。五個節頭[56]你送多少錢呢？」從背後張望過去，「怎麼的，這之後怎樣了？哈哈，弄壞了嘛！要輸了。照以前的情形，正是一盤贏的象棋呀。一會兒不看著，就成了那麼樣了。」

先藏：「這樣也行。我來贏給你看吧。」

後兵衛：「剛才把飛車和角行兩個都丟了，所以正弄得沒有辦法哩。漂亮話也說不出來了。」

先藏：「單靠飛車和角行，是下不成象棋的。我是要取王將哩。喂，將呀！」

後兵衛：「那麼，就是連馬！[57]喂，且來等一下子！」

先藏：「真是臭棋啊！」[58]

後兵衛：「銀將可惜。這裡用了桂馬，那邊將了，將了！」

先藏：「真討厭！也還是用了銀將倒好了。」

後兵衛：「哼哼，妙手下棋嘛！喂，逃吧，逃吧！好麼，好麼？已經逃了。那麼給他怎麼下好呢？那麼，再把角將頂上一格去吧。」[59]

先藏：「您把角將頂上一格去麼？呀，您把角將頂上一格去麼？那麼，就那樣下。用了那個來吃呢？這樣地來，那麼地去，若是退走了，從屁股後邊吧嗒的給一下子。總之且試了看吧。」

後兵衛：「哈哈，幹出好玩的事來了！用飛車來將，滑脫了的時候，就來吃銀將的打算吧。」

先藏：「什麼，飛車也不要呀！」

源四郎：「這些人的象棋，不想去圍老將，只是覺得飛車和角將可惜哩！喂，不要老揑著棋子，盡量地著下去呀。」

先藏：「你看著別則聲呀！非汝輩之所知也嘛。——喂喂，快點下吧！拙手思索，有似休息。」[60]

後兵衛：「什麼，略微一子下得好點，就說漂亮話麼。拙手思索，有似休息，唄！」（模仿他的說話。）「咦，這個計策倒是極妙哩。喂，來吧！」

先藏：「呀，吃吧，吃吧！」

後兵衛：「不，著吧著吧，先著來吧。」

先藏：「吃了來吧，吃了來吧！好的，好的。喂，將呀！啊，逃了逃了。桃子樹上的大木瓜。[61]咦，桃子樹上的大木瓜！怎麼辦好呀？用這個去麼，用那個去麼？那麼先

這樣去吧。呀，痛快痛快。桃子樹上的大木瓜。將呀！喂，怎麼樣？」

後兵衛：「啊，冬瓜外加牡丹花麼？[62]這樣子退下來。從腦袋上頭吧嗒的一下子！」

先藏：「啊，南無阿彌陀佛了。」

太吉：「還有呢，還有吧！角將退下來，丟掉好了。」

後兵衛：「這樣也還是不行嘛。」

太吉：「什麼，行啊！退下來，丟掉了吧！」

先藏：「噯，吵鬧得很！肅靜，肅靜！[63]五個人來對付一個嘛。要用了大家的聰明，來打敗我一個人麼，可憐呀可憐。——丟掉了麼？喂，又是將！」

太吉：「喂，這是搶，這是搶了！」

先藏：「唉，完了！那地方有桂馬，我全不知道。這裡又不好說你且等一下子的嘛。」

後兵衛：「那麼你手裡是——」

先藏：「手裡是多得很，[64]王三個，飛車角六個。」

後兵衛：「別說玩話了！」

先藏：「手裡說是多得很，可是想悔（香桂）也都來不及，金閣（角）寺的和尚。」[65]

後兵衛：「有銀麼？」

先藏：「銀有的是一步或兩步。」[66]

源四郎：「怎麼樣交出去了麼？」

後兵衛：「丟掉的很乾淨。棋子全不要。」

先藏：「哼，那麼單用棋盤來著好吧。不怕得輸，樹上邊滑下了猢猻來。[67]用心的打，別讓老將陷敵[68]吧。叫兵過了河去看。」

後兵衛：「那麼，姑娘們先來領受了這金吧！」[69]

先藏：「啊呀，可惜得很。成金[70]給吃去了麼？那麼，這盤象棋是陀佛了麼？咦，那麼這盤象棋是陀佛了。這樣辦吧！」

後兵衛：「呀，等一下子！這就蹲在這裡的麼？那麼就用這香車來吃這金將吧。這樣你就逃不了了。」

先藏：「怎麼，怎麼，幹什麼呀！兩三轉以前下的都變動過了，連這邊的棋子都移動著，真是太費心了！一個人下兩邊的棋嘛。喂，請看那個樣子。好像是在同少大人對下著的樣子。那樣行麼？什麼事情都遵照著佛爺所說的做去。這樣像心隨意的象棋，簡直是名人[71]的派頭嘛！還虧得說什麼搶了俺家的皮褡褳了，那麼來攻別人。」

後兵衛：「很妙的攻過來了。等一會兒吧。這裡是要思前呀想後了。[72]咦，這裡是要思前呀想後了。被攻了過來，是有點非辟易[73]不可了。這倒是，有點兒要辟易了！

咦，你攻過來麼？你們那麼用力的逼迫，也正是本身的職務吧。」[74]

先藏：「職務這字也並沒有兩個呀。錚點！」[75]

源四郎：「啊，逃到那裡去是很吃虧的。逃到那隔壁去，讓他多花一著棋子好吧。」

先藏：「真會多嘴呀！」

太吉：「有一個妙著！——有了廟末也有大橋呀。」[76]

源四郎：「唔，哼，眼睛昏了，所以看不見哩。」

先藏：「閉了嘴死去吧！別說話！」

後兵衛：「並不是什麼都不說的人啊！」[77]

先藏：「咦，並不是什麼都不說的人啊！喂，哪裡去？」

後兵衛：「這裡逃。」

源四郎：「噯，壞了，壞了！那麼的逃是不行的。」

太吉：「喂，吧嗒一下子。」

先藏：「噯，杭育，走吧！」[78]

後兵衛：「噯，杭育，走吧！」

先藏：「噯，杭育，走吧！」

源四郎：「喂，喂，這裡你疏忽了！」

先藏：「呀，並不是什麼都不說的人啊。」
後兵衛：「咦，並不是什麼的人啊，那麼就吃了。」
太吉：「行麼，行麼？」
先藏：「那個，並不是什麼都不說的人啊，請進茅廁裡去吧！[79]臭得很，臭得很。」
後兵衛：「真討厭！終於落了茅廁了。」
先藏：「呀，太不中用，太不中用！」
源四郎：「好吧，好吧，我來給報仇。」
太吉：「我來吧！」
源四郎：「嗳，你且等一下子。」
先藏[80]：「又是蹩腳腳色，不管金銀都當不得對手。呃哼，呃哼！」[81]

母親來叫太吉

五十多歲的老奶奶從家裡來找她的兒子，從門口就說話道：「我們家的太吉在幹些什麼呀？」說著就走上樓梯來，發話道：「喂，太吉，這個寶貝是在幹些什麼呀！阿爹事情沒有做完，現在剛要到店裡去，正在等著你回去哩。先頭一直伸長了脖子，

想著就回來了吧，就回來了吧，一再等候著也不回來。我生怕阿爹會得要發急起來，心裡老是驚慌著，真是真是太不會體諒人了。好不闊氣，吃過飯一放下飯碗，立刻說是洗澡去也，拿了手巾想往外走。試想現今幾歲了！二十三、四，年紀老是長著，還是盡要我忙著照管。要是照平常來說，正當娶了妻子，給父母過好日子的時候了呀。你看看世間別的大爺們好了。像你那個樣子，昏都都的遊玩著的人一個也沒有。懶惰的傢伙照例誰也想不出什麼好的事情來。我看也不想看見，如果有本領，去做到下象棋也有飯吃，那倒也好了，像你那麼容易厭倦的人，一會兒就厭了，什麼事情都沒有一件做得好的。要是你悔恨的話，去把頭撞那石牆上，死了完結也好吧。你這樣的人，就是死掉了父母也不會得哭的。」這一句話是從懷念兒子的父母的心裡出來的強硬意見，可是其中自然的包含著慈愛之情。——

「不呀，現在是，對於大家雖然很是吵鬧，我要說再也沒有什麼覺得憐惜了。真是真是沒有辦法的懶惰傢伙，可恨得不得了。託了你的福，我老是挨著阿爹的罵。我是暗

的明的都顧到，在阿爹面前給敷衍過去，可是那麼也還是常常失敗。人這東西，總之在哪裡有一丁點兒可取的地方，就只是這個人，連鸕鶿的毫毛[82]觸一下子的地方也都沒有。據說什麼和父母不像的兒子叫作鬼兒子，[83]阿爹是嫌惡一切歪曲的事情的人，生了這麼樣的一個兒子，我真是對於世人覺得沒有臉呀！在你們面前說這話，雖然是不大好，總之是因為朋友不好的緣故呀！好好的在家內幹著事，總是來要把他勾引出去。」不覺得自己兒子的不好，老是怨恨別家的兒子，這是愚癡無知的母親的常情，反而容易把兒子引入惡道去。凡為母親的，對於這類的事情，需要好好的警戒。[84]「有四五天蹲在家裡，啊呀啊呀，剛才覺得有點放心，又是跑進跑出，真是一會兒都不得安定。啊呀，真是命根子都要縮短了。喂，喂，回去了，回去了！這算是什麼一回事呢。」

太吉：「現在就回去。」

奶奶：「不是什麼現在就回去。叫你立刻回去呀！」說了，下樓梯去了。

源四郎：「太吉這傢伙，給奶奶露了底了！要是你悔恨的話，去把頭撞那石牆上，死了完結也好吧。你這樣的人，就是死掉了父母也不會得哭的。」（模仿人家說話）

太吉：「死了的話，第一個跑來哭吧。」說這種狡猾的話，也正是被縱容慣了的餘毒的表示。

甲：（同樣的模仿說話）「總之是因為朋友不好的緣故呀！」

源四郎：「喳，正是如此嘛。——請您給點兒吧！」[85]

樓上夥計：「喂，喂，太吉，請你回去吧。不要違背父母的說話。不孝父母，老來又要遇著自己兒子的不孝的。」

大家：「喂，回去吧，回去吧。」

太吉：「噯，洗澡沒有熱透，有點兒冷了。——澡堂裡邊發出什麼奇妙的聲音來了！」

源四郎：「真是的。」

樓上夥計：「那是瞎子和尚[86]們來了，所以大概是在唱仙臺淨琉璃[87]吧。」

瞎子唱仙臺彈詞

五個同來的瞎子，其中兩個人在澡堂裡演唱仙臺淨琉璃彈詞。

甲：「在這個當兒，這裡又是，九郎判官[88]義經老爺，向著八島，開拔下去了！（拉長）卻說，那天的裝扮是，上邊披著紅地刺繡的直垂，[89]底下披著藍色的，蘆花[90]的緼袍。（拉長）跟隨著的人士是，龜井片岡，伊勢駿河，西塔的武藏和尚，[91]他們都跟隨著，像是泥水從屁股上流下來[92]的樣子，開拔下去。（拉長）明天又開拔下去！（拉長）後天還開拔下去！（拉長）亂七八糟的開拔下去。

卻說，那位大將，因為是走長路，也疲倦極了。怎麼樣，辨慶呀，我來出謎面，[93]你不想猜猜看麼？這麼的吩咐了的話，辨慶道，是大將的吩咐嘛，來猜猜看吧。那麼就來出謎面吧！且道一個香瓜，這做什麼解釋呢？這麼的吩咐了，辨慶便把頭歪過來一點，想起來了！（拉長）慢慢的想著了，這是容易懂得很，且說謎面是香瓜，那麼謎底乃是田原藤太秀鄉[94]吧。理由是什麼呢？這是說不剝皮沒有辦法。[95]大將全然折服了，這樣看來，辨慶真又是日本第一的猜謎名人呀！大家歡歡喜喜的，高高興興的到了八島的岸邊了。且說，了不得的很大的戰鬥就發生了。

那時，西塔的武藏和尚辨慶，揮動著刀柄長四尺，刀身也長四尺，總共八尺的長刀，在旁邊的那些鼻子便都有點危險了！你呀，長刀從哪地方鑽出來？從荷包兒裡鑽了出來。你呀，到這兒來，把頭砍了唄！他這樣的說著，平家的軍兵道，啊呀，辨慶生了氣了！於是在肚臍底下念著桑原桑原，[96]在頭上邊唱著萬歲樂，[97]四面亂竄。劈預，切梨，切圓段，各樣都來，有在頭上被砍的，也有在臂膊上被砍的，可是受傷[98]倒並沒有哩！（拉長）這可受不了，軍兵大眾都把在那裡四面的碎片拾起來補上，有的將下巴頦兒的碎片補在腳跟上，有的將腳跟的碎片補在下巴上。有的人在下巴上長了皴瘃，有的在腳跟上生了鬍鬚，[99]辨慶四面奔跑，卻有三尺長的蚯蚓的刺，[100]刺在他頭上的後腦勺那裡。這怎麼辦好呢？咦，用了老豆腐的黑燒[101]搽上去，據說是好的！（中略[102]）聖代連續萬萬年，上下貴賤在一起，沒有不是感動的！」

栗市：「啊啊，你不是柿市老闆麼？」

柿市：「正是，你也不就是栗市老闆麼？」

二人：「啊呀，這真是，這真是——」

柿市：「那以後，沒有得見面。」

栗市：「別後，你身體都好麼？」

柿市：「在桃栗勾當那裡會見以來，正是三年了。」

栗市：「正是呀。要不是剛才疏忽，衝撞一下子，幾乎就要當面錯過了。你頭不痛麼？」

柿市：「不，不，一點沒有什麼。你的腦殼呢？」

栗市：「不，一點都不痛。可是兩個座頭彼此撞頭，這叫作對頭一雙，[105]古老有這話的。」

二人：「哈哈哈，哈哈哈！」

柿市：「喂，柚市，你不是要給我舀熱水的麼？」

柚市：「剛才舀來，放在這裡的。」

柿市：「這裡並沒有呀。」

柚市：「咦，怪氣了。是剛剛舀了的嘛！果然沒有。」又去舀了一桶來，放在旁邊，以前的那個醉漢把那桶水偷偷的拿過來，放在一旁，又去把這一桶也藏過了。[106]

柿市：「還沒有舀麼？」

柚市：「現在舀好在那裡了。」

柿市：「這裡沒有呀！」

柚市：「又是沒有麼？這是奇了！是你用過了，卻是說這樣的話吧？」

柿市：「你說什麼呀？我還沒有用呢。咦，怪氣！」

柚市：「咦，怪氣！」又去舀了一桶水來。醉漢還想去拿過來的時候，他的手被柿市緊緊地抓住了。

柿市：「喂，且住，偷熱水的傢伙抓住了！」說著話時醉漢甩脫了手，恰巧柚市伸過手來，給柿市一把抓著了。

柿市：「你是個壞東西，至今不知道用過了多少桶水了！」

柚市：「喂，喂，這是我的手，我的手呀！」

柿市：「什麼，是柚市嗎？」

柚市：「是呀，是我嘛。我剛用這手舀了熱水來的嘛！」

柿市：「咦，怪氣呀！」

柚市：「咦，怪氣呀！」這時候醉漢又把水桶藏過了。
柿市：「舀來在哪裡呢？」
柚市：「喏，就在這裡。——啊呀！」
柿市：「喂，在哪裡？」
柚市：「啊呀，剛才舀了來的呢！咦，怪氣呀！」
柿市：「咦，怪氣呀！」
醉漢笑著：「喂，把這熱水送給了你們吧。咦，有什麼開玩笑的壞傢伙在這裡呢！喂喂，這都是新舀來的哩！」把以前的四五小桶的熱水給了瞎子們。
柿市：「噯，噯，這多謝得很。」
柚市：「謝謝你了。可是，有開玩笑的壞傢伙在這裡呢！」他對於他自己舀來的熱水道謝。
醉漢：「壞傢伙！哈哈哈，哈哈哈。——可是，你們的眼睛是怎麼瞎的？」
柿市：「噯，因為疳病[107]呀。」
醉漢：「哼，對啦。夏天曬晾衣服，所以沒有三伏的蟲，可是寒天的蟲[108]是誰也不曬的嘛！」
柿市：「是麼？」臉上顯出莫名其妙的神氣。

醉漢：「不呀，寒天的蟲是誰也不曬的。」
柿市：「那是什麼事呀？」
醉漢：「說寒天的蟲呀。」
柿市：「不，我這是說五疳，是種種的疳的毛病。」
醉漢：「哈哈，是毛病麼？種種的借錢的毛病，反正只不過是五貫，也還不到一兩銀子，那麼這真是所謂什麼爛眼錢罷了。」[109]
柿市：「咦，這錯聽到哪裡去了！哈哈哈。」
醉漢：「不，沒有什麼可笑的事。——喂，你那位座頭，你也是為的借錢的毛病麼？」
柚市：「嗳，不，我乃是因為瘡毒[110]。」
醉漢：「說瘡毒，那是什麼呀？」
柚市：「嗳，嘿嘿！」
醉漢：「不，沒有什麼可笑的事。瘡毒鄉下掘芋頭去麼？」[111]
柚市認為這是什麼逗趣的話：「哈哈哈，大概就是那麼一回事吧。」
醉漢：「那麼，這倒是有很好的料理法的。」[112]
柚市：「嗳，吃什麼好呢？」
醉漢：「不，有料理法哩。有醫法呀。」

二人：「是麼？」

醉漢：「每天挑著箱子，去叫喚走著好了。」

二人：「嘿，那是什麼呀？」

醉漢：「那個不知道麼？」

二人：「不曾知道。」

醉漢：「叫喚說修理下疳瘡毒嘍！」[113]

二人：「哈哈哈，哈哈哈！」

醉漢：「可是，你們一年三百六十天都閉著眼睛，平常不覺得渴睡吧？」

柚市：「嘿嘿嘿，眼睛雖是閉著，心裡卻是沒有睡覺，所以睡的時候還是要睡的。懷胎的女人雖說是肚子大，可是不吃食也不成，正是這個道理嘛。」

醉漢：「的確，這道理是對的。——那邊的人湯泡得很紅的。不客氣的說，要是個章魚呢，那個頭倒是很有價值的哩！[114]這邊的座頭是白座頭和黑座頭，那為了寒天的蟲瞎了眼的算是冰座頭吧。這些座頭倒都是聽見過的，就是紅座頭很少見。」

栗市：「噯，我是混雜在赤小豆[115]裡的啊。」

醉漢：「唔，好的，好的。喂，你也是瘡毒麼？」

栗市：「不，是痧子到了眼裡去了。」

醉漢：「哈哈，痧子？咦，了不得的東西走進眼睛裡去了。進去的時候，怎麼說的

呢？」

栗市：「不，什麼也沒有說。」

醉漢：「咦，真是粗魯的傢伙。走到要緊的眼睛裡去，不打一聲招呼，真不懂規矩呀。痧子倒還是運氣的哩。如果是海狗進去了的話，那才真是老要睡覺了吧。[116]眼睛裡進了去，那可不是眼病了麼？」

栗市：「對了。」

醉漢：「咦，那真是不幸了。眼睛乃是人的眼珠嘛。進到人家當作眼珠的眼睛裡去，生了眼病，那當然要成為瞎子了。」

在這時候，後邊的一個人站著，拿熱的淨水澆洗身子。恰巧又有一個人舀了一小桶冷水，端著走來，滑了跌倒，直淋在醉漢的頭上。

醉漢：「啊，啊，冷得很！喂，喂！嘿，那邊的漢子，為什麼站著澆水，濺到我身上來！還有還有，嘿，這邊的漢子，為什麼跌倒，用冷水澆我的？」

甲乙：「嗳，對不起！這是不注意，沒有法子。」

醉漢：「什麼，不注意？喂，那人的跌倒可以說是不注意算了，冷水澆在我身上，說不注意就可以算了麼？把人家放在湯裡一泡，又過上冷水，想當作野小子的涼麵[117]那麼去做麼？」

甲乙：「哈哈哈！」

醉漢：「不，別笑！沒有什麼可笑的！拿水來潑了人，那才真是潑水吵架[118]了。你們兩個我都來應付。喂，這個樣子，像是水瓶落在老鼠裡[119]那麼爛濕了。這絕不能原諒的。你們兩個都等著吧！喂，夥計，老早就想要打架的對手，好容易才算有兩個一起出來了。索性借一個笸籮給我，在浴池裡去撈一下子，可能還有兩三個人吧。喂喂，大家拿定主意吧！不要放走了那兩個！放走了的話，我就來找夥計做對手。現在看著吧，我來怎麼的幹！」站了起來，搖搖擺擺地，踏在一塊浮石[120]上頭，噔的一下仰天跌倒了。

醉漢：「啊唷，痛啊，痛啊！你們，出其不意的——」說著去看腳底下，乃是一塊浮石。「什麼，浮石麼？不管浮石，不管哪個傢伙，我都來應付！」可是弄錯了對手，抓住了別一個豪傑的手。

豪傑把醉漢推開：「什麼，這個報應的傢伙！[121]四個錢一吊子，一碗湯豆腐，[122]算是頂破費了，喝渾酒嚼糟的東西！這可不是個渾蛋麼？也不想一想這是誰，就來找事。這邊是從正月初二的初次澡堂起，直到三十大年夜的半夜為止，這種事情是絕不害怕的，江戶子[123]嘛！哪，這麼說雖然似乎有點寒磣——」

勸架的人：「喂，這樣算了吧！」

豪傑：「唔，不，連你也來欺侮我麼？這邊是大抵的事情都是諒解的，好像是踩了叭兒狗的狗糞的那樣面貌走過去算了。不懂得情理也要有個限度。這是在什麼地方的

沒水瓶上掛住的傢伙[124]呀！水性也不識得的來吹水泡。喂，又不是聽六十六部講立山的故事，[125]從頭那麼恫嚇一起，有什麼用處！若是石菖蒲盆裡的大眼子兒，[126]去追趕大小相應的觔斗蟲，[127]倒也還有點相配，想去吞吃鯨魚或是鰲魚，那才是變把戲的好手哩。[128]好像鴨子要想爬上鷹架去的那副模樣，要來和我打架，真是叫人要噁心煞。」

夥計：「喂，這樣算了，就諒解了吧。」

醉漢：「什，什，什麼！說鴨子麼。鴨，鴨，鴨子是什，什麼事呀？」[129]

豪傑：「什麼，怎麼啦？」

夥計：「喂，喂。」

旁邊的人：「喂，你喝醉了酒，也太是囉唆了。請你別再吵了吧。」

醉漢：「醉，醉酒？我什麼時候醉了？我並沒有醉。如果以為我是醉了，真是的，[130]那就想錯了，真是的！」

豪傑：「喂，因為是醉漢，所以我忍耐過去了。要不然的話，我老早就把他揍了。」

醉漢：「啊，有趣得很。你就揍了來試，試試看吧！渾蛋！真是的，真是的又是真是的。來，來揍了試試看。真是的又是真是的。」

醉漢被兩三個人所抓住，搖搖擺擺，晃晃蕩蕩的，好像是牽線木頭的傀儡似的，眼睛卻是定著，瞪著看人。豪傑也好容易經人勸止，分了開來。

夥計：「喂，你這事反正後來會明白的。大家都清楚知道，你就饒恕了算了。大不了是個醉漢，沒有什麼辦法。」這樣的勸走了，那個醉漢由大家幫忙，給他穿好衣服，送了出去。門口有許多小孩，大聲叫喊。

小孩：「醉漢——嚼糟的！」

醉漢：「什，什麼？這些糊塗蟲！」

小孩：「這個大野貓！」

醉漢：「我，我如果是大野貓，那麼你們便是大野狗！[131]我並沒有醉！真是的，喂，真是的又是真是的。」

這之後，像是大風吹過似的，一切寂靜。

義太夫的師傅[132]

夥計：「呀，太夫老闆，這一向——」[133]

這太夫像是一個教授義太夫節的男子：「哈，哈，這裡很擁擠呀！」說著正要脫去用戲臺舊幕改做的大袖子衣服的時候，看見一個在義太夫節教授所裡，常要唱說第三段[134]的吧，梳著本田髻，露出前額，有點肥胖的漢子，正在絞他的手巾。

義游：「呀，師傅，您好早！」

太夫：「呀，義游老闆，[135]已經洗完了麼？昨天晚上真好景氣呀！」

義游：「呀，在吞太夫[136]那裡得到了援助。酒客演了紙治的茶室那一場，[137]幾乎全是鹽町[138]的派頭演唱著，看了也覺得討厭，我想努力演出紅梅箙箙[139]的二段，叫他們聽一下好久沒聽到的石町[140]的口調，可是赤助說的，還不如以前從音十郎老闆學的，那先斗町[141]唱得順口，沒有問題的好，便換了別的了。」音十郎即是泉屋音十郎，是唱淨琉璃的票友的名人，係說故人松主的事情。

太夫：「哈，哈，那麼你是單槍匹馬呀！可是你的淨琉璃，又還是照著住老闆的一套習氣挺下去好，那是更有好處。聽眾歡迎，多一成利益。」

義游：「啊，昨天晚上又是那浪花，照例用了那鍋屋的派頭，造起閣樓來了。[142]彼人也正是僭人呀！」鍋屋是說的豐竹麓太夫的事情。僭人是說唱淨琉璃特別擺出架子，要裝作演唱得好，隨意的亂唱的人。大概因為說僭妄的話，所以稱作僭人的吧。這些都是關於淨琉璃的俗語。

太夫：「是大大的僭人嘛！拿過東邊來也未始不可，不過彼人也還是太過分了。可是，說好那是不行啊！真的東邊腔，還不是，不是那麼樣的物事。——那白開水先生怎麼啦？」豐竹越前掾這一邊，連同若太夫麓太夫駒太夫等人，稱作東邊，竹本築後掾那邊，連同政太夫住太夫等人，則稱作西邊。[143]

義游：「還是照例喝白開水，和發出擤鼻涕的聲音，在臺上老是咳嗽著哩。」

太夫：「那個人演唱著的時候，真想把他從臺上弄下來，一面當作聽眾，叫他自己來聽一下呢。可是不能辦到嘛。」

義游：「連題會[144]還有些日子麼？」

太夫：「練習還有些餘留呢。恐怕一下子還不會開得起來吧。——你有工夫來玩。」

義游：「弦絲也見面麼？」

太夫：「近來很少看見他。」

義游：「那傢伙也總是那一套舊式的，拙劣的討厭的聲調呀。」二人說著別去。這樣專說別人壞話的人，及至自己上臺，唱得亂七八糟，給彈三弦的人盡量戲弄，聽眾說著壞話，滿屋打呵欠的聲音，也並不介意，還是流了汗唱著。這也正是在澡堂裡，唱那第三段的人啊。

老富與老金

老富：「昨天，往大師河原[145]去了，啊，遠得

很，遠得很！回來的路上，彎到羽田的辨天堂去，[146]走到大森的橋頭的時候，疲倦極了。——喂，金公，好久沒有聽見你的潮來調[147]了。來唱它一點吧！」

金公：「哼，沒有這樣便宜的事情！這也都是很花了錢才學會了的嘛。說是練習潮來節，每天都花上六七十文大錢哩！」

富公：「為什麼事那麼花？」

金公：「碰見了澡堂，就進去洗澡呀！——明天還有杵屋[148]的演習會哩。」

富公：「在茶館裡麼？」[149]

金公：「嗡，現今在澡堂裡練習，以後是配了絲弦。」

富公：「那了不得的有趣！」

金公：「啊呀，在女澡堂那邊，像是有人大聲地說話哩。」

富公：「那是新開路的藝妓之間的老奶奶吧。」

金公：「到夥計的旁邊去聽聽看吧？」

富公：「這倒是好玩的，好玩的。」

夥計道：男堂的遺漏，女堂的情形，雖是有種種好玩的事情，可是前編紙數有限，難以盡寫，在後編裡再來細敘吧。女堂的情節，很有趣的安排，寫得之後，明春出版。大家恭喜恭喜。新正期內提前收店[150]

注釋：

1御膳係對於貴人食品的敬語，雖然這裡所說的甜酒只是市井常食。甜酒見前編卷上注118。白菊乃是甜酒的牌號，其實這種食品只是一種，這裡不過加上一個名稱，說來好聽而已。市上賣甜酒的多不稱全名，但高叫「甜的」。

2日本古時計時法參看前編卷上注68，所謂八點即是午後二時。舊式書塾通稱寺兒屋，蓋古代由寺院主辦，後來乃有塾師主教，有讀書習字各課，一般卻只通稱為習字，似乎乃是主課。

3出口氏本引《嬉遊笑覽》卷六下云，近時小兒一面跑著，一面歌唱著啊略亮溜，未能說明意義。今據三田村氏說，解作舊時消防隊警告行人避道之詞，原文「溜多」係「龍吐水」的訛略，即是「龍頭」。後文小孩們含水四噴，與這事也正有關係。

4原本云「蟲拳」，俗稱「三怕」，實際只用三個手指代表三種蟲，即大拇指是蛙，次指是蛇，小指則是蛞蝓，相傳蛙怕蛇，蛇怕蛞蝓，蛞蝓又怕蛙，小孩以此決定勝負。三怕亦作狐狸、洋槍與村長。

5「攤眼」係用南方小孩習慣語意譯，原語意云紅眼睛。小孩對別人的需索或恐嚇予以拒絕，常以手指按眼下瞼皮，使赤肉微露，意思說羞不羞？

6這是一種扁圓的螺螄殼，小孩們拿了來彈著遊戲，有各樣規則，分別輸贏。

7戲上打仗普通有刀兵打仗和架式打仗兩樣，這裡所說可能是屬於後者。

8日本舊時規定，凡在大家服役的男女，以及工商的徒弟等人，通年沒有休假，只在春秋兩次，即正月七月十六日，可以回家休息，一、二天不等。這種風俗沿至近時還是存在。

9高麗屋等都是指當時歌舞伎的有名演員。出口氏注引山中翁說云，高麗屋當是說第五代的松本幸四郎，其餘為第二代坂東三津五郎與第五代岩井半四郎。

10 這是日本舊劇裡演員的一種動作，很有神氣的表示，最能博得看客的喜歡。

11 俗語稱善於啼哭的小孩曰哭蟲。出口氏引方言別有解釋，但難能說得恰好，故不取新說。

12 豐國是畫家的名字，姓歌川，為歌川派浮世繪師有名之一人，所畫俳優像最有名。

13 三田村氏本云，源之助疑即第四代宗十郎，但出口氏本引山中翁說，云係第二代高助的改名。

14 「蟲」，可解作蛔蟲，但在通用意義中不如更作廣義解釋，即是所謂「蟲氣」，如小兒消化不良，身體瘦弱，少睡易怒，也說是「蟲」，並不一定真有蛔蟲。

15 「切指頭」是小孩誓約時的一種儀式，普通各出小指，互相勾著，表示和解。

16 「油保單」也是誓約的儀式，比較更為莊重，這大概是從大人們在保單上蓋印那事情上看來的吧，用手指沾取頭髮上的油，再去印在柱子上面。

17 據出口氏注，這些都是誓約的話，亦作「喉頭一個十字」，大概是說如果違反誓言，不得好死吧。「頭上三株松樹」，意思也是說死亡，不過詞連父母，更顯得嚴重了。三田村氏注云，立油保單時，拔取頭髮，呼，呼，呼的吹散。那麼三根頭髮可能即是代表松樹，與這裡吹散的記載也正相合。

18 日本在十八世紀時，繡像小說大為發達。前期的有赤本（紅皮書）、黑本、青本各種，都是「連環圖畫」的性質，每冊不過五至十頁，後期的頁數加多，彷佛是好幾冊的合訂本，所以稱為合卷，內容也變成文字為主，圖畫為輔了。

19 這裡說的是舊劇《伽羅先代萩》裡的故事，奧州藩主伊達家的奸臣原田甲斐、仁木彈正等陰謀除滅嗣君鶴喜代，忠臣外記左衛門與男之助聯合乳母政岡，竭力鬥爭，終乃得勝。仁木有法術，第五幕中政岡把忠臣們的連名狀落在地上，兩把刀立即變成老鼠，將紙卷銜走，經男之助把老鼠踏住，搶了回來。舞臺上顯出伊達官邸七尺高的正廳，空著的板廊底下男之助屹立著，踏住了銜著連名狀的大鼠，手中高舉起摺扇來，瞪了眼顯示威勢，是有名的一個場面。團十郎據出口氏注云是第六代，在當時很有名，這裡是說阿幸要學做團十郎所扮的那男之助。

20 武部源藏是舊劇《菅原傳授手習鑑》裡的一個人物，他受了菅原道真的書法秘傳，感激師恩，開設書塾，保護著菅原的兒子，竭盡困難，終達目的。這裡只是把他當作塾師的代表而已。

21古時書塾中規則，在一定時間習字，點著幾根線香，大家不准說話，這時間稱為「無言」。

22在私塾中有稱為班長的人，看見有學生偷懶的時候，便高呼「學習」，使他注意。這班長大抵由高級學生充當，但也有以師傅的妻女擔任此職的。

23參看注5。小孩做「攤眼」的時候，發聲云：「唄！」今意譯為「羞」。

24賓頭盧尊者見前編卷上注20。澡堂夥計像賓頭盧似的高坐門內，又好像是給尊者做小工的，坐一天拿多少工錢。

25原語是說屋頂鰲魚（鴟吻）似的倒豎著，擺著架子。

26坂東三津五郎見注9。「夥計」原文云「番頭」，音與「坂東」相近，這裡意取雙關，但譯文上無法來保存了。

27奴本是奴僕，在德川時代是一種公役，執持儀仗，儀容特殊，普通稱為「撥鬢鐮鬚」，因此有「奴頭」之稱，亦簡稱為奴，如這裡所說。舊時日本男子均剃去頭頂前部的頭髮，留存左右兩鬢及後部部分，並梳為丁字髻。「奴頭」剃去部分特多，兩鬢餘留成為「撥」形，即是彈琵琶三弦的撥，留鬚形如鐮刀，故有此稱。「奴是四文」即是說的「奴頭」，和尚頭都剃光，當然應該不要錢了，普通人則是十文。「漢子」原文云「野郎」。

28日本舊時用米糠盛布袋中，浸汁用以洗濯身體，蓋是古代中國用澡豆遺意。

29日本語糠曰奴加，草書字母便使用這兩個漢字，只是普通奴字末筆不很用力，不寫作一捺罷了。

30「奴頭」的特點是「撥鬢」，這又可以有兩種格式，甲種是撥尖上端特別細，乙種是尖端剃平，分別各有名稱。醉漢這裡牽連到寫字上去，只是遊戲說法，別無什麼意義。

31這「手不拉膏」的名字很不好譯，因為原文「引」字可以有兩種意義，其一是拉，其二是縮回。原來用的是第二義，如夥計所說，貼上膏藥去，手沒有縮回，凍瘃就好了，醉漢卻是用第一義，所以說得糾纏不清了。

32八人藝係一種瞎子獨演，坐在帳子裡邊，演奏八樣樂器。上冠風流二字做形容，本係連貫音讀，醉漢卻分開訓讀，散作風是流散了，所以解說為風邪的藥品了。

33日本語「聽」字因了聽命聽從的意味，又轉訓為有效，雖然普通寫作「利」字。這裡對話也利用這

同音的關係，發生一段糾紛。

34 戲讀談即是落語的別稱，當時講戰事的小說稱為軍談，所以模仿著這樣的說。也可能是本書著者故意造作，引起解毒丸的誤解的吧。

35 落語是說書的一種，從笑話演變出來，往往形容兩人的對話行動，只由一人任之，與中國相聲不同，差不多可以說是一種滑稽短劇。每篇末尾多說出著落，所以昔時稱為訓讀的落咄，近世乃轉變為音讀的落語了。

36 夜巴伊音云夜爬，係指男子夜中爬到有約會的婦女那裡去。夜巴利則意云夜溺，即是說小孩在睡眠中遺溺的事。

37 「阿唷嗨」此處指醉漢將上樓去，表示用力的感嘆調。

38 草履穿久，一邊磨薄，有如刀口，故名。長槍只是與長刀相配搭，別無意義。

39 草履底下墊皮，以防濡濕，原文只云「有底的」，今從意譯。

40 衣櫃指壁櫥上方格，備浴客安放衣物，有門可關閉。

41 據出口氏注，樓上的夥計由夥計中資格最老者任之。

42 這純是語言的遊戲。夥計自稱是管樓上的人，即是「番人」（輪番值班的意思），而大夥計則云「番頭」，彷彿是頭領的地位，所以這裡如此說，雖然事實相反，如上面的注裡所說。

43 香煎是舊時中國式的一種茶湯，用早稻米炒焦，加入陳皮小茴香等香料，共磨細末，沖開水喝用，用以代茶。

44 據出口氏注，阿市是粗點心的名字，參考下文，用竹箬包裹，四周有糖，頗似現代乾點心裡的「石衣」，日本語石與市讀音近似，因此轉變亦未可知。石衣製法係於豆沙餡中加糖稀及鹽少許，搓團烤乾，蘸蜜上撒砂糖即成，五十年前賣價十文三個，在著者當時大概每個不到半文錢吧。

45 三田村氏注云，天明六年（一七八六）年成歉收，近地婦女相率來江戶，唱滑稽歌詞，跳舞乞錢，有廣大寺和尚一歌最為流行。廣大寺在越後新保地方，有道樂和尚（道樂意云嗜好，放蕩，因此恐係假託的名字），與寺前豆腐店的女人阿市有關係，發生糾紛。歌詞云：「新保廣大寺，為了什麼發了瘋呀？為了阿毛的毛饅頭才發了瘋的。阿市這小傢伙，舔一下子鹹得很。」從這歌裡也可以想像到，這點心是石衣的一類。

46包租衣櫃的門上都貼著各家的記號，大都是一張方紙，上面印就店家舊時符號，如山形下西字，鍵形（即曲尺）下山字之類，狀如膏藥，故云。

47舊計時法四點即現今上午十時。

48目黑成就院是密宗寺院，祀藥師如來，通稱章魚藥師，凡祈求的人須戒食章魚，故名，醫治疣子，腳上生繭及雞腳，與眼病均有效驗云。

49舊法四點半即現今十一時，其次為九點即十二時。參看前編卷上注68。

50目黑地方與品川相近，在品川舊有妓院，所以說「方向不好」，因為到了目黑往往就走向品川去了。送喪本來只是一天的事，順路去宿娼，便需要次日才得回去，所以弄得花費兩天工夫了。

51意思說因為送喪而去胡鬧的人也會有吧，「出事」原本云「受傷」。

52「老了」原本云「往生」，即是說死了。日本語中有好些從民間信仰特別是佛教來的字面，很有意思，例如往生，即是從淨土宗往生西方的話來的。又「死去」亦云「成佛」，因此祖先以及死人也均稱為佛。

53象棋係用中國名稱，日本通稱將棋，與中國象棋略相似，而著法不同。棋盤橫直各九行，計共八十一格。棋子有王將，金將，銀將，桂馬，香車各二，與將士相馬車相當，炮則改為飛車及角行各一，步兵各九，排列第三行中（棋子放在格中，不在交叉線上），是為本陣，中間三行則是戰場云。王及金銀均可出陣，沒有限制，各子入敵陣，稱為「成就」，有似「過河」，均增加能力，不似中國的以卒子為限。

54大橋宗桂係德川初期的江戶醫師，在明萬曆年來中國留學，精於象棋（日本稱小將棋），為大橋派第一代宗師，至明治末年止，共傳十二代云。據三田村氏說，在著者當時，民間象棋愛好者互以宗桂相稱，抑或使用同音異義的字。

55「吃屎去」猶云「放屁」，江戶語可吃（kunbei）與軍配（gunpai）音近，故雙關的連下去說「軍配團扇」——舊時將帥指揮軍事用的「掌扇」，此種語言上的遊戲，不易翻譯，只好從略，但在可能的時候，改用意譯，以見一斑。

56日本舊俗除新年外，一年中有五個節，即正月七日（舊稱人日），三月三的上巳，五月五的端陽，七月七的乞巧，九月九的重陽，均舉行宴會饋贈慶賀。中國舊時習慣一年分為清明、端午、中秋、除夕四節，商店結帳，私塾束脩亦按節交付。這裡即是指此項報酬，意云將嚴厲地予以教訓，因此一年中的學費亦不可少。

57連馬見前編卷上「中午的光景」注8。

58下棋規則，凡棋子移動，在將手拿開的時候，即算是決定，不得翻悔。後兵衛說等一下子，即是想要改著，所以被說為臭棋。

59「角」本來只是斜行，這裡說頂上一格，乃是直行了。出口氏本注引山中翁說，此乃是過了河就是「成就」的角，所以除舊有的行動之外，又添了一種能力，即是上下左右均可直行一格。

60這是一句成語，說拙手無論怎麼思索，總不能想出什麼好方法來。

61原文意云「井闌裡的橫木瓜」，本係指古代某氏的族徽，畫作木瓜橫放井字闌中，因「逃了」（nigeta）與「井闌」（igeta）音近，今取中國「逃之夭夭」的例，加以改譯。

62此句承上文「痛快」而來，今改寫為冬瓜。

63「肅靜」，原文云「東西」，係角力場中開始時高呼警眾，令勿喧擾的成語，後來移用於他處。本來角力的力士對壘，係代表東西兩面，這裡的高呼大抵只叫兩方的人注意，肅靜的意思雖不明說，也就含在這裡邊了。

64問手裡如何，當是計算盤上的棋子，以便決定是否可「和」，因為象棋規定，和棋須各有子幾何這才合式。「手裡是多得很」，據出口氏注云，此語似含有什麼別的意味，但未能詳。

65原語「香桂」即指香車桂馬，這裡取其與「後悔」音近雙關。「金角」係指金將與角行，取其與金閣寺諧音，連帶的說了下去。金閣寺在日本西京，是有名的佛寺，十四世紀時所造，以壯麗勝。

66日本舊時銀一兩分作四分，各值二錢五分，稱是一步。這裡當然是雙關的兼說銀將。

67譯文從「輸」字聯繫到「樹」上來，乃是改譯。

68原文用象棋的術語「入王」，是在中國象棋裡所沒有的。成了這個局面的時候，不但勝負一時不易解決，看了也沒有多少意思。諷刺詩川柳中常用作資料，如其一云，聽說入王了，廚子把灶火退了，便是說酒飯要暫時緩開。又其二云，到了入王，看客嗡到圍棋那邊去，因為沒有什麼好看了。

69 意思是把金將來吃了去吧。原語「領授」與地名「岡崎」音近，雙關的接下去，在岡崎地方多有妓女。

70 「成金」也是象棋的術語之一，即是攻入敵地，已經「成就」了的棋子，因為在它原有能力之上兼有金將的作用，即上下左右，及上方兩斜角，共有六方可以進出。因為原來的步兵一下子就變成金將同等的資格，後來便引伸來說投機暴發的資本家，差不多比原語更是通行世間了。

71 「名人」是日本圍棋象棋家之間的最高地位和名稱，技藝計分九等，自初段以至九段，至九段乃可得名人稱號。

72 出口氏注本，常用的一句俗語，當有出處，但未能詳。

73 「辟易」原本用古文漢語，因此不改為白話。

74 出口氏注云，你們云云係舊劇《檀浦兜軍記》中「琴責」一段內，阿古屋所說的話。劇中說景清謀刺源賴朝未遂，法官們捕景清所愛的妓女阿古屋加以訊問，備加逼迫，終無所得，後乃令用琴、三弦以及胡琴彈奏三曲，以證明所說不假云。

75 這一句出處同前。「錚點」則是說話的人在口中做三弦聲，模仿戲臺上的演奏。

76 原文「妙著」音與「永代」相近，永代橋係江戶一條有名的橋，所以連下去說大橋，這也是別一橋名。

77 出口氏注云，此句係舊劇《春花五大力》中，薩摩源五兵衛所說的話。

78 依據出口氏注云係牽引重物時呼喚的話，今意譯如此。

79 逼迫敵將到了棋盤的角落，俗語稱為進茅廁。在中國象棋上，沒有這種類似的辦法。

80 原本此處不舉出人名，只作為別一個人的說話，今查照前後情節，姑且分給先藏吧。

81 「呃哼」原係咳嗽的聲音，不過這裡乃是冷聲咳嗽，含有嘲弄的意味。

82 據出口氏注，原文「鵜」訓作「鸕鷀」，是捕魚的水鳥，它的羽毛沒有什麼特別的地方，這裡乃是借用同音的關係應讀作「兔」的略訓，因為兔毛極細，即是說一丁點兒。

83 鬼兒子的意義，一是性情或容貌凶惡如鬼的小兒，二是鬼所生的。日本舊說不像父母的是鬼兒子，大抵是第二義吧。又小兒生下來就生了牙齒的也有此稱，古時往往即遭殺害，不肯留養。

84 舊式小說未脫說書時代的習氣，作者常在書中露面，對讀者說話，發表他的意見，即其一例。

85 據出口氏注云，此係女乞丐求乞之詞。用在此處的意義未能詳知。

86 日本舊時瞎子多習音曲，隨其技藝高下，定有祿位，最低為座頭，後來便相沿成為瞎子的通稱，以上是勾當及檢校兩級。瞎子照例都剃髮，形似和尚，故有此瞎子和尚之稱，雖然他們過的全是俗人生活。

87 淨琉璃係日本舊式音曲的通稱，略似彈詞，最初只用摺扇做拍子，後來改用三弦及琵琶，有各種流派，近代有竹本義太夫加以改革，最為有名，此派演藝現今即襲用義太夫的名字，等於說淨琉璃。淨琉璃本係彈詞中女主人公的名字，原名《淨琉璃十二段故事》，為十六世紀中作品，敘英雄源義經少時從京都往奧州（後來的仙臺），去投奔藤原秀衡，中途在三河地方寄宿一大家，與其女淨琉璃姬相識，後來在東海道上經過好些患難，走到奧州。義經年少英勇，與兄賴朝共報父仇，打倒平氏軍閥，大有功勞，卻為賴朝所嫉，終被秀衡的兒子謀害，在日本民間最被愛尊，可以說是英雄的代表。《淨琉璃故事》寫得雖是古拙拖沓，但它卻成為彈詞的代表名稱，大概又因源義經一生始末都在奧州，所以奧淨琉璃一派也就很是有名，雖然現今在日本通行的乃是竹本一派，即是上文所說的義太夫。淨琉璃只唱不演，所以近於彈詞，但中間曾配合牽線木偶演出過，有名的近松作品都為此而作，演唱的便是這竹本一幫了。

88 出口氏注云，義經於壽永三年（一一八四）中任命為左衛門少尉，補授檢非違使，稱為判官。

89 直垂原名如此，是古時武人的禮服，斜領大袖，上衣下裳，縕袍是襯在這裡面的。

90 出口氏注云，未有棉花（草棉）以前，人民均用蘆葦的花絮做棉衣。

91 即下文所說的辨慶，是小說戲曲中最被喜愛的英雄之一，近似中國故事裡的李逵和牛皋。他本來是京都比睿山寺的一個惡僧，住在西塔，通稱武藏坊（今文本中用意譯），與源義經鬥不勝，乃給他當了從卒，雖然他要比義經年長幾及三十歲。及義經在衣川地方被襲殺，辨慶亦力戰而死。

92 出口氏注引山中翁說，農夫在水田裡勞作，半身浸在水裡，站起來的時候，泥水跟著流下來，這裡藉以形容眾人跟隨的樣子吧。

93日本猜謎分作三段，一是提出謎面，二是解釋謎底，三是說明理由，這叫作「心」。義經主從在出征途上猜謎，說得情狀和小孩們一樣，很是詼諧。

94「田原」係改譯，原作「俵」字，與田原音讀一樣，訓讀則為裝米的草包，但中國此字只作分配解，且很少見，所以改寫了。藤太係俗稱，秀鄉則是正名，這裡兩者並舉。

95謎心的解說大抵多取字義的雙關，這裡也是如此。「不剝皮沒有辦法」是甲種說法，可以應用於香瓜上，說不去皮不好吃，但這又有乙種說法，「不剝皮」一語也可解作蜈蚣（mukadé），便是說蜈蚣弄他不過。蜈蚣雙關「不剝」，日本狂言〈連歌毗沙門〉中有過，參看我所譯的《日本狂言選》第二十三篇。日本傳說中說，近江地方三上山中有大蜈蚣為害，為田原藤太所射死。

96日本舊說名臣菅原道真歿為雷神，故遇雷鳴，高呼桑原桑原，可免落雷，因菅原出於桑原一系云。又俗信雷公要取人肚臍，故此處云云，蓋夏日小孩喜赤體行走，大人們用雷公恐嚇，遂生此俗信的吧。

97出口氏注云，萬歲樂係地震時所唱的咒文，頭上唱萬歲樂是說願頭上平安，不致被壓云。

98這裡語意不明，大概是矛盾的說法，將平家將卒的殺傷彷彿說得很是輕微，引起下面一段很詼諧的敘述。

99類似的敘述，在別種音曲如《平家物語》中也曾有過，參看《狂言選》第十九篇〈工樂〉。

100這也是詼諧的說法，蚯蚓既然沒有刺，更沒有三尺長的刺了。

101原文云「朧月豆腐」，乃是一種特別製法的豆腐，將豆腐材料放入碗中，令其自然凝結，狀如月亮。黑燒乃古方製藥法，將藥品火鍛存性，但這裡說豆腐的黑燒，也正是戲語了。

102「中略」二字，係原本如此，非譯者所刪節。

103豪傑係指江戶市井間一種俠客似的人，大抵工人出身，性喜打抱不平，善於相罵，是所謂江戶子的特性之一。

104日本古時盲人多以「市」字為名，不知何所取義，抑或用同訓的「都」字。日本狂言〈工東〉中有盲人名「菊一」，也正是「菊市」的別一寫法。這裡盲人名字，於柿市栗市之外，又有桃栗一名，出口氏注云，係戲取日本俗語「桃栗三年柿八年」，此係種植口訣，原是說各種果樹要經過若干年始能結實。

105 日本小孩彈扁圓的螺殼為戲，最初撒在桌上或地上，其有兩個以上碰在一處，不便於彈者，稱為對「納蒲一挺」，均除去不用，以後再撒再彈。這裡只是兩人碰頭，情狀相似而已。

106 旁人偷吃瞎子的酒，日本狂言〈工東〉中有類似的事。又十返舍一九著滑稽小說《東海道徒步旅行》三編中，也有一節，同這裡醉漢的事都是採取狂言中的情節的。

107 疳是中國舊醫書上的字，據云小兒食甘物，多生疳病。大抵與積食或蛔蟲有關，這裡原文也說是「疳蟲」。《正字通》云，有心肝脾肺腎五種，統稱為五疳。

108 上文說「疳蟲」，醉漢故意解作日本語同音的「寒蟲」，與三伏的蟲相對。日本於伏中曬晾衣服，俗語亦稱為「曬蟲」。

109 疳與借音讀近似，五疳與五貫音讀相同，所以淆混一起。「爛眼錢」係俗語，謂數目太小不值得看的一點錢。

110 瘡毒即指梅毒，日本通稱梅毒曰瘡。

111 俗諺有云，生得鄉下掘芋頭，謂天生性分，只可從事農作，這裡利用生得與瘡毒音近，故意的說笑話。

112 原意是說療治法，卻說做料理，所以瞎子誤會為關於食餌的話，接著問吃什麼好了。

113 出口氏注引山中翁說，此處係模仿一種市上呼聲，但據上文挑著箱子的話，此類行業只有修理爐灶，修理雨傘，修理鎖門銅器這幾樣，與下疳云云均不相近。或者當時有叫賣清瀉五疳胎毒的藥物的也未可知，但說挑箱子，則又不相似了。

114 章魚俗稱八腳魚，頭大且圓，世俗以比和尚，煮熟則轉赤色。瞎子均剃頭，今比作章魚，亦是戲弄之意。

115 出口氏注云，小豆色赤，故如此說。但未說明這句話的意義，便是為什麼是混雜在豆裡的呢，難道是比作小豆飯裡的白米嗎？意味也不明瞭。

116 日本語「海狗」（azika）與「痧子」（hasika）音讀相近，所以混說一起。俗說海狗善睡，常在海邊成群睡覺，只派一狗值班警視，見有危險，便驚醒群狗，悉逃入海去。瞎子眼閉，故說海狗入眼，更將長睡了。

117涼麵作法將麵條煮熟，再浸入冷水中即成。這裡醉漢說自己先被淋熱水，再用涼水來澆，彷彿是在做涼麵的樣子。「野小子」原文云「野郎」，即是說漢子，乃是自指，但說野小子的涼麵，乃是詼諧口氣。

118「潑水吵架」原文云「水掛論」，以潑水當打架，無多大損害，可以持久下去。

119這是市井間的一種遊戲說法，故意說得顛倒，如小兒歌中有「滿天月亮一顆星」等。

120浮石輕鬆有細孔，澡堂中用以摩擦腳跟，可去堅皮積垢，原名輕石，或譯作銼腳石。

121原文云「業報人」，意云作惡多端，將受到報應的壞人。

122這裡嘲笑他的喝酒，四文一合是最便宜的下等酒的價錢，湯豆腐用白湯煮大塊豆腐，蘸加作料的醬油來吃，雖然也別有淡白的風味，但價錢很賤，這裡所說便在這一點上。

123這以下是江戶子自己的誇口，表示出豪爽而嘮叨的特質。「江戶子」原文曰「東子」，係用古地名，意思只是吾妻人，雖然字面上像是說東人。

124原意是罵他溺死鬼，舊時井口很大，有人投井而死，次晨人來汲水，掛在吊瓶中乃被發現。這是日本古時特別情形，中國井口小，又不用吊瓶，所以是不可能有的。

125舊時佛教徒抄寫《法華經》六十六部，徒步背著，走到國中有名寺院六十六處，各獻納一部，這種人也就稱為「六十六部」，或簡稱「六部」。他們走過許多地方，見聞既多，又加上些宗教色彩，更顯得奇異可怪了。其中立山的故事最為奇特，立山在日本中部富山縣，山岳雄奇，故尤多神秘色彩云。

126大眼子係一種小魚，常在淺水中游行，眼睛特別長得高，看去似非常的大，故名。

127觔斗蟲係蚊子的幼蟲，文言稱為孑孓，中國方言或云水蛆。

128原文云「芥子之助」，本係人名，據出口氏注云，舊時在淺草觀音堂的後山演技，兩手投擲豆子與酒瓶，中間並飛鐮刀，在空中將豆劈開，此外又演各式雜技及戲法，有名於時。

129上文的鴨是說醉漢搖搖擺擺的情狀，很是可笑，但這裡醉漢聽了生氣，似乎別有意義，卻未能明，雖然日本方言中有此一語，作為私門子的別名。

130 「真是的」一語，據出口氏注云，係江戶的豪傑常用的口頭禪。

131 「大野貓」原文云「樸念仁」，「大野狗」原文云「樸大根」，均係改譯。樸念仁（bokunenjin）有音無義，係指不懂情理的人，這裡因後二字音近人參（ninjin），即胡蘿蔔，所以醉漢接過去，改胡蘿蔔為白蘿蔔，說是樸大根（bokudaikon），沒有什麼意義，只是隨口改編，還報過來一句閒話而已。

132 淨琉璃這種音曲分作好些派別，最重要的是義太夫派，因竹本義太夫得名，後來差不多就成為淨琉璃的代名詞了。後來弟子豐竹若太夫又分立一派，世稱東西兩派，如本文所說。日本舊時音曲師多給與虛職，如瞎子之檢校勾當等，淨琉璃師也授「掾」或用同音的「丞」字，上加地名，如越前築後等，而其名字後亦常加太夫稱號，本出自大夫，但寫作太字，又讀音如太由，也與大夫不一樣了。

133 「這一向」是招呼的習慣語，意思是說近來你好嗎？

134 出口氏注云，即義太夫中所謂愁嘆腸，外行票友最喜歡來演唱。淨琉璃稽古風流說得好：「無非只是學了好玩，太夫也是瞭解的，所以只是隨便的聽著學生練習，客人也並不好好的真心學習多少段敘述行路和景物事情的場面，起頭就來學第三段。」

135 義太夫的師傅是以此為職業的，義游只是票友，這名字便表示此意，同時也當作他的別號了。

136 這是假名字，與下文酒客相應，與後文用真名的不同。

137 「紙治」是紙屋治兵衛，即是說紙店的主人治兵衛。一七二〇年大阪紙店主人治兵衛與妓女小春殉情自殺，近松為竹本座寫淨琉璃劇腳本，名曰《心中天之網島》，至今有名，義太夫常演「紙治」，其中茶室一場尤勝。「茶室」原文云「茶屋」，本意是說茶店（吃茶店），但在江戶時代茶屋可以接待妓女，所以近於北京近代的所謂茶室了。

138 鹽町原是地名，原本旁注政太夫三字，蓋係著者原筆，說明鹽町即是政太夫的別名。

139 出口氏注云，此係三浦大助所作，原意當作紅梅馬籠頭，三田村則云作紅梅馬韁，紅梅係一種顏色的名字。

140 原本也有旁注云住太夫，即下文所說的住老闆，生於住吉地名，故名，後居於江戶的石町，今名為本石町。

141先斗町大概也是太夫的別名，但出口氏注云未詳。可能這未必有實在的人，只是作者取其與石町相對，一時假設亦未可知。

142鍋屋在本文中有說明，但「造閣樓」據三田村氏注云未詳，今依出口氏的推測，或者可以解作搗亂的意思吧。

143豐竹越前掾即是開創豐竹座的若太夫，也即是東派的元祖。竹本築後掾即義太夫。

144連題是淨琉璃演習會的一種，立下一個總題，例如《忠臣藏》從開始至第幾段，雖然不全連續，大體順序演唱下去。又一種會由與會的人隨意演唱各本各段的，稱為綠會云。

145大師河原在現今川崎市，有平間寺甚有名，係真言宗即密宗的寺院，故以大師得名，因日本密宗佛教，由空海首先從中國傳入，世稱弘法大師，關於他的故事，傳說很多。

146辨天係印度女神辨才天之略稱，在日本很見崇拜，在水邊常有辨天堂，似當作水神，又一說與蛇相關，往往塑有蛇像，列為從神。

147潮來是日本的一個水鄉，在茨城縣南端，以民謠著名，稱為潮來節。

148杵屋勘五郎本係狂言師，後創始一種音曲，稱江戶長唄，以杵屋一派為宗師，現代尚相傳不絕，但不知何故改去「杵」字為同音的「希音」二字，其實該派係用月兔搗藥似的杵為記號，故稱杵屋乃是紀實。

149這裡原文「茶屋」，雖然不是吃茶店，但說等於妓院的茶室也不合適，所以只好籠統地說是茶館裡罷了。

150原本末行畫作一木板，上寫這一句話，係模仿澡堂大風「早散」之例，參看前編卷上「早晨的光景」注1。

二編——女澡堂卷

卷上　自序

前著男子部之浮世澡堂，一編開張，千客萬來，發行所的肚皮溫暖了，[1]可是這與管澡堂的所烘的火一共燒成桴炭，[2]來不及洗末後的一堂澡，只差了一步，噫嘻，惜哉！燒了的板姑且不管，總之等洗了澡沒有發冷之前，再來它一編，那些兩回洗澡[3]的各位，有如在候休息的明天一般的[4]盼望甚切。舀熱湯的人的木杓，和作者的一枝筆，都遲遲的難得要領，那麼這怕要成為端六的菖蒲湯，三伏後的桃葉湯，[5]成為時節落後的東西了吧。還不行麼，[6]還不行麼，催促草稿，彷彿是來叫洗長澡的人[7]似的。可是把小小的智囊，像米糠袋那麼的絞著，也沒有一下子捻出節日的十二文錢的紙包的法子。[8]當然這是不准張看的女澡堂的別世界，那該是怎樣情形呢，靠著淨湯的竹管[9]去推測，終於做成了兩冊[10]故事。近來柴火漲價，[11]搜集前編的餘材，成為後半場[12]的女澡堂，那麼這正是烏鴉的洗浴，[13]霎地來淋一下子而已，云爾。[14]

文化六年己巳重陽前後五日的急就。

江戶前的市隱[15]
式亭三馬題

注釋：

1這序文也是遊戲文章，全用書板被焚及澡堂的關係文句湊合而成，此處說初編發行暢銷，出版者獲利不少，即用雙關辭句「肚皮溫暖」，與洗澡有關。

2木柴經火燒透，隨即悶熄，輕鬆易燃，可以引火，俗名桴炭，或寫作浮炭。參看前編卷上注24。

3見「大意」注15。

4澡堂休息日見前編卷上「早晨的光景」注3。休息日不能洗澡，因此急迫的在等候明天。

5舊時澡堂在端午那一天照例於水中加菖蒲，稱菖蒲湯，又伏中加入桃葉，云可防止痱子，稱桃湯。今言過了時節，猶云十日黃花。

6原文「還不行麼」，也可解作「還不上來麼」，與洗澡雙關，意云還沒有從浴池中出來麼。

7在澡堂裡洗浴，長時間泡著或洗濯的人，稱為洗長澡。

8「十二文錢」原文云「十二銅」，出口氏本注引《嬉遊笑覽》，云本意是十二鐙，乃係捐助十二燈明的油料，照例包在白紙內，捻作一團，用作布施。後乃轉用於別的場合，如新正初次入浴，或值澡堂的節日，熟客均須以此相贈，稱為御捻。從絞腦汁聯想到絞米糠囊，又說到同類扭絞而成十二銅，正是滑稽文章的手法。

9舊時澡堂男女兩部，中隔一板壁，淨湯池介在中間，有竹筒放熱湯入池，兩邊不能相見，這裡只是利用竹管字樣，說得彷彿是從這裡推測出來的罷了。

10原本係木刻插圖，每編各分兩冊發行。

11參看「大意」注15。

12出口氏本注云，舊時廢止混浴之後，有些澡堂分男女兩場開放。早晨先放男堂，第二場才是女堂，但後來男女分為兩堂，這就只剩了一個名詞，這裡用了只是雙關第二編而已。

13烏鴉洗浴是說時間很短，其實鳥類都是如此，不過烏鴉因係常見的鳥，所以俗語這麼說的吧。

14「云爾」二字在中國古文中常見，特別多用於序文末尾，作者寫遊戲文章，特地模仿古文，所以屢次應用，雖然有些地方在文法上可以不用。據序文計算，二編兩卷也是在五日中寫成的。

15「江戶前」一語本用以指物品，特別是鰻魚。據出口氏注引山中翁說云，江戶前面是永代橋一帶的隅田川，從那裡捕得的鰻最好，稱為江戶前的，是道地的鰻魚。後來轉變用以稱神田日本橋一帶地方，作者那時住在日本橋的本石町（「大意」末尾還只稱作石町），所以用此名稱。「市隱」是中國舊語，作者以著作為職業，一面也兼營著商業，販賣各種藥物化妝品。

附言

養育小兒，有丸藥之苦，也有糖稀之甘焉。譬之於書，三史五經為丸藥之苦，稗官野史則糖稀之甘也。蓋世間雖多有女教之書，《女大學》《今川》之類，[1]如丸藥之苦於口，婦女子之能真心玩味者鮮矣。這女澡堂的小說，雖然本是遊戲之書，如用心讀去，則如糖稀之易吃，善惡邪正的行狀自然得以瞭知。正如常言所道，看了別人的舉動，將自己的舉動不問善惡均能有所改正，那麼這正是教訓的捷徑了。又如不肯聽取強硬批評的壯夫，對於詼諧的教諭亦聽了不倦，自然就留在心上了。各人如去留心玩味此草草的遊戲小書，在小益之中必然將有大益矣，云爾。[2]

此書初編在文化六年己巳初春，觸祝融氏之怒，板片悉化為烏有。[3]今將增補，打算再行付梓。四方賜顧君子，請俟發客之日，予以購求，本店幸甚。謹白。

注釋：

1《女大學》原名《女大學寶文庫》，係貝原益軒所著。《今川》參看前編卷上注140，今川了俊著有《今川帖》，此處係指《女今川》，為澤田吉女所著，乃用假名文字所寫的一種女誡。

2「云爾」見「自序」注14。三馬平常自稱「戲作者」，本書題名上又故意加上「諢話」二字，表示與當時流行的正統文學有所區別，但是儒教道德的文學勢力很大，作者也就不得不來學說幾句，在序文上多能看到。

3觸祝融氏之怒及化為烏有等語，均係原文如此，不加改修，因為原本故意運用漢文古調，也是遊戲文章的一種手法。

早晨至午前的光景

討錢的百鳥叫[1]與藝妓們的談話

討錢的百鳥叫。甲：「一切成就之大祓，極穢者既無留滯，穢更無有，內外玉垣，[2]悉皆清淨。」

乙：「一天四海，皆歸妙法，南無高祖日蓮大菩薩，[3]南無妙法蓮華經，南無妙法蓮華經。」

丙：「願以此功德，普及於一切眾生。南無阿彌陀佛，南無阿彌陀佛，南無阿彌陀佛！」[4]

淨土宗呀，法華宗呀，八宗九宗，[5]聚集一處。有人拉開女堂的格子門，口裡說道：「哎呀冷呀！」抖著兩個肩頭，走了進來，乃是應該名叫什麼文字或是豐什麼的，[6]十八九歲的白牙齒，[7]手裡抱著新式單衣，染出「聽好事」[8]的舊式花樣，她的名字是三味。[9]

三味：「啊呀，鯛姐，你早呀！晚上準是吵鬧得很了！」[10]

阿鯛像是飯館裡的女兒的樣子：「噯，晚上你也很渴睡了吧！總是那個醉漢，鬧到深更半夜的。」

三味：「可不是嗎，可是沒有壞脾氣，是酒量很大的人。不像糟兵衛似的那麼鬧酒，倒是好。在那之後，說送我回去吧，在新開路的拐角滑倒了什麼的，終於送到我的家門口哩！」

阿鯛：「那倒是好性子的、多管閒事的老頭兒。提到吞助老闆[11]的臭拳，還有飲六老闆的惡作劇，那才叫人討厭哩。」

三味：「正是呀，酒香老闆的甚句[12]也吵鬧得很。」

阿鯛：「可是到末後都是打呼了事。——哎呀，你已經打扮[13]好了麼？」

三味：「是呀，今天早上，阿櫛姐首先就到我這裡來了嘛。你的頭是誰給梳的呢？」

阿鯛：「阿筋姐呀。」[14]

三味：「樣子很不差。」

阿鯛：「什麼，今天因為是替工，所以覺得不合適，有點兒怪。」

三味：「人手換了，就是梳得好，也覺得不對似的。你轉過身子去看。啊呀，那很不差呀！」

阿鯛：「就是那髻的後面不是太高了一點了麼？」

三味：「不呀，是正好的。」

阿鯛：「嗳，請你慢慢的！」從架上拿下木屐[15]來，將要出去。

三味：「順路往我們家來玩吧！母親在家裡呢。嗳，再見！」說了這句話，就進浴池去了。

藝妓們的對話

隨後進來的，顯見得也是同伴，三十歲左右的白牙齒，眉毛上邊聚集了些小皺紋，鼻子旁邊的坳紋也漸漸的凹了下去，顏色微黑，白牙齒也變成黃色了，可是疏疏朗朗的二番稻[16]似的眉毛凜凜的長著，這可以說是遮蓋過了臉上的七難[17]了。她把所穿的中折木屐[18]啪噠的脫掉，同了管澡堂的女掌櫃打過招呼，將單衣拋出去，一面解著帶子，向著浴池方面，高聲的嚷叫。她的名字是阿撥。[19]

阿撥：「三味姐，三味姐呀！」叫了兩聲，沒有聽見。「三味姐，你這聾子！」

三味在浴池中：「嗳唷，阿撥姐，你早呀！」

阿撥：「還早什麼呀！你這人真是無情，就請你那麼樣辦吧！好個不知道同人家打交道的傢伙。那麼的對你說，請你多等我一會兒的嘛！」

三味：「可是，你的飯老是吃不了嘛。」

阿撥：「噯，對啦，因為是大肚兒呀！正是嘛，你說的全是對的！」說著話進到浴池裡來。

阿撥：「剛才，到你那裡去轉了一下子。你那裡的媽媽說的，已經走啦。本來一直等著你的。那是個無情的孩子嘛。這麼那麼的叫人覺得高興，你家的媽媽真是會得奉承的人，會說好話。碰著我們那裡的媽媽，只是叨叨的說，叫人討厭得受不了。」

三味：「也好呀！你爸爸倒是很和氣，可不好麼？」

阿撥：「只是因為太和氣了，一天到晚挨著媽媽的罵呢。並不是偏袒爸爸的話，在旁邊聽著，叫人心裡怪難受的。——哦哦，你昨天晚上是在大酒屋麼？」

三味：「噯。」注曰，回答說「是」，卻說作「噯」，這是女孩子的通行話。——「你呢？」

阿撥：「我是到財神會[20]出局去了。在正八點的時候[21]才回家的。」

三味：「我也是，這麼那麼的也是快八點了。」

阿撥：「因為勉強的喝了酒，所以你瞧，至今連眼睛都還是發腫哩。」

三味：「難怪臉色不大好。」

阿撥：「啊唷，水燙得很！」

三味：「燙麼？真是孱頭呀！」[22]

阿撥：「並不是孱頭。你也該覺得燙吧，像這傢伙那麼的頑強的人真是再也沒有了。——咚，咚，咚！請給放點冷水吧！」

舀熱水的開玩笑說：「剛才放過了水，如今不好再放了！」

阿撥：「說剛才放過了水，真是太胡鬧了。還熱得很，放一點吧！喂，沒有法子的三助呀！」[23]

舀熱水的：「說三助，那更不放了。」

阿撥：「那麼，我拜求三助大明神了！」這之間，冷水放好了。

舀熱水的：「喂，把熱水攪和一下子吧。」

阿撥：「討厭，誰來攪和呢！——喂喂，來浸在這地方吧，冷水出來的地方。那麼，這樣來吧。三味姐，前天你到哪裡去了？」

三味：「看戲。」

阿撥：「唔，同了客人麼？」

三味：「掏腰包。」

阿撥：「啊呀，同了誰？」

三味：「貓文字姐那邊來叫我，同了阿弦姐和豐包姐一起去的。[24]差人到你那裡，說是你同著通老闆往堀內去了。」

阿撥：「是啊，還沒有看過，是誰做的好呢？」

三味：「自然是紀國屋嘛。」[25]

阿撥：「可不是麼！真叫人生氣，前回那一時節的戲文[26]也都沒有看著哩。」

三味：「戲文散了之後，順路到丸三[27]去，向三老闆道謝，在樓上有人悅呃哼呃哼，仰起頭來一看，許多人都伸出了頭來。相聲[28]的彌七老闆和伸松老闆都說了話。此外還有誰在那裡，可是匆匆的跑了出來了。——啊，好像是還有點熱。喂喂，出去吧，出去吧。」走出到浴池外邊。擦澡的男人拿了留桶和兩個小桶，舀出熱水來，給她來擦背脊了。

擦澡的：「喂，阿撥姐，把背脊拿出來吧。」開始擦洗。

三味：「喂，這個人啊，是我先來的嘛。」

擦澡的：「誰都行。反正是一起回去。」這個擦澡的男人到明年要升作夥計了。因為在這裡已有四五年長期工作，所以同女客們都相熟了，說話也就很有點隨便。

阿撥：「喂，你給我用心點兒擦吧，別這麼馬馬虎虎的。剛擦了兩三下子，就澆上熱水，算是完事了。」

擦澡的：「大概的就這麼行了。就是泥也並不是每天出來的。」

三味：「別這麼說吧。阿撥姐的是貓背脊，[29]像老鼠糞似的泥垢搓了出來哩。」

阿撥：「你別管吧！真是夠會說的。」

擦澡的：「我以為又要吵起架來了。那麼的鬧著潑水是不行的呀！噯，真是會吵鬧的姑娘們啊。——行了，三味姐拿出背脊來吧。」

三味：「喂，拿出來了，你洗吧！馬馬虎虎的老爺子[30]！」這裡的玩笑說來話長，故從略。

母親和兩個女兒

三十四五歲的主婦，帶領著八歲左右的女兒，手裡抱了兩歲左右的小女孩，走進門來。

主婦：「啊，冷啊，冷啊！呀，呀，阿寶也冷了吧。喂喂，走到了裡邊，就暖和起來了。」回過頭來說：「奶奶，這一向——」[31]

澡堂的女主人在高臺上：「噯，你好早！這一兩天，真是豈有此理的冷。杉姑兒也來了麼？哦啊啊！總是很活潑的，好得很呀。玉姑兒今天習字[32]放學麼？」

女兒：「不！」

女主人：「哈哈，那麼是逃學了！」

母親：「你瞧呀，老是騙過我，想要休息。今天也是，騙了阿爹休了學了。阿爹總是太把她嬌養了。因此我說的話，簡直是沒有什麼用。」

女主人：「您知道，那也是當然的嘛。說來也是稀奇，父親總是特別愛女孩兒的。啊哈哈。——杉姑兒，你拿的什麼呢？是阿番[33]麼？啊，拿著好東西了呀。哦啊啊！正是頂可愛的時候。了不得的好相貌的乖孩子！你看你看，她獨自笑著哩。喂喂，是杉姑兒麼？哦，乖孩子！」

母親：「來，來，阿玉脫了衣服，交到這邊來吧！咦，別摔觔斗呀！阿杉寶也脫了花襪子吧，喂，襪子也脫了。啊呀啊呀，阿林[34]打上了不中用的結子。小衫的紐絆是不會得解散的呀。來，來，來！喂，好了。來，這樣行了。快點用熱水來溫一下子吧。噯，好了好了，行了行了。」

拿飯盒上學，梳頭的變遷等

八歲左右的女孩子，把門口的格子門打開，大聲叫道：「媽媽，媽媽！」

一個名叫阿辰[35]的女人從浴池裡出來：「什麼事，阿馬麼？幹什麼來啦？」

阿馬：「那個呀，那個，[36]爸爸呀，說有客來了，那個，快點洗吧。還有，那個，不要再轉到哪裡去，就立即回去吧。」

阿辰：「噯，噯。現在就回去。什麼人來了？——偶爾洗一回澡，也立即差人來叫了。真是討厭得很。還有你呢，不是去習字的麼！為什麼又回來了？」

阿馬：「今天呀，那個，因為是寫正字，所以來取寫字本來了。」

阿辰：「那麼，這就行了。快點去寫去吧。」

阿馬：「嗳。還有呀，那個，爸爸說的，那個，今日算作獎賞，給帶了飯盒[37]去。」

阿辰：「又是照例的事麼。沒有下雨的日子，飯盒是用不著的。」

阿馬：「嗯，可是——」發出鼻聲來了。[38]「唷，媽媽，給拿飯盒吧！唷，你為什麼還不肯，阿爹說了，給拿飯盒去嘛！」

阿辰：「咄，吵鬧得很！那麼給你拿飯盒去，可是飯菜是不能再挑選的了。」

阿馬：「嗳！」走了出去。

在旁邊的一個女人阿巳：「誰家的小孩都要飯盒，真不好辦。」

阿辰：「是呀。真是討厭得不得了。無論怎麼樣，飯盒要是遲了，便到家裡去取。這樣子再是杭育杭育的，搬到老師那裡去吃。」

阿巳：「哈哈哈！不呀，還有下雨颳風的時候，不會跌什麼觔斗，拿飯盒去也是好的，可是飯菜又這樣那樣的要挑選，那可麻煩透了。什麼要在水盅裡插呀，給買花吧，什麼給買肉桂啦，什麼做丁香水了，[39]要丁香啦，種種的來討錢，弄得應付不過來。」

阿辰：「不呀，哪裡的都是這個樣子，真是為難。什麼金紙呀，花紙呀，全不中用的東西，拿來都鉸碎扔了。而且還有，那個，叫作什麼變形畫的，這樣那樣的翻來翻去，有一種戲子的變相的畫哩。那個畫兒，你想，買呀買呀，箱子裡裝滿了一箱啦！我真是，嚇也嚇壞了。那第三個哥兒呢，又是遇見什麼叫作合卷[40]的小說出來就買，結結實實的裝了一柳條箱了。什麼豐國畫得好呀，國貞也好呀，[41]連畫工的名字都記得了。啊呀啊呀，現在的小孩們真是變得伶俐了。」

阿巳：「是呀，在我們小時候，只要老鼠結親啦，[42]老話的紅皮書，[43]就覺得很好，再也沒有了。」

阿辰：「不呀，什麼事情都在那裡變化著呀。頭髮裡用鬢插[44]起頭，好像剛是近時的事情哩。在這以前是，全是——」

阿巳：「嗳，全是用手摘出燕尾兒來的嘛。[45]這之後，你瞧，有了什麼假燕尾，什麼假髻[46]這些方便的法子來了。就是獨自一個人，也可以梳起頭來了。那個變樣的島田髻的樣子，就和戲子的假髮正是一樣呀。只要頂在頭上，自然的那頭髮就梳成了。啊唷啊唷，真是聰明得很的事情呀！」

阿辰：「有一個時候，髮髻是罩在頭頂上的，後來又復舊了，變成了像是從哪裡討了來似的一點兒的島田髻了。而且又有些人愛好上方[47]的風氣，真是時風反覆沒有定呀。」

阿巳：「大家喜歡什麼京都樣式啦，京都花簪的那些新鮮物事。其實江戶的人是，只要老守著江戶的風氣，那也就行了。——這是說別的話，你那領頭的大姐，的確是已經出閣了呀？」

阿辰：「嗳，有了適當的地方，所以就嫁出去了。」

阿巳：「一個一個的都有了著落，正是安心的事呀。」

阿辰：「這是怎麼說的呀。說女孩子是賠錢貨，家裡的[48]老是在說廢話哩。」

阿巳：「那邊還有婆婆麼？」

阿辰：「是的，還是年輕的婆婆哩。」

阿巳：「那麼，那孩子可有點兒辛苦吧。」

阿辰：「倒也不，那是性情很好的婆婆。而且那女婿是曾經一回荒唐過了，又老實起來的人，所以很是懂得世故，倒是很好的運氣。夫婦感情也非常的好。」

阿巳：「那是比什麼都難得的好事情。即使是婆婆有點不好對付，只要夫婦感情好，也就維持得下去了。」

阿辰：「是呀，上個月已經繫上帶子了。」[49]

阿巳：「哎呀哎呀，那是重重的喜事呀！請要好好的留心禁忌才好。過了五個月是，吃什麼都不礙事了，可是鍋蓋魚[50]斷乎不可吃，奶要不出的。實母散、婦王散什麼，[51]你自己是有過兒女的，所以自然知道得清楚。」

阿辰：「噯，我也常用的妙藥，在晴雨街[52]布襪子鋪出賣的走血經的藥很好。雖然並沒有掛著招牌，這藥是許多人都知道的。並不會上火，是頂好的藥，託了這藥的福，有多少人都醫好了，所以我隨處告訴人家知道。」

阿巳：「有一種藥，只好搽上七夜，奶就會出來，而且硬塊會得消散，奶口也開了。唉，簡直整個忘記了，是在什麼地方有哩！」

阿辰：「嘿，這可不是尾張町平松家的黑藥麼。那是很好的藥呀。什麼熊的肚帶啦，[53]催生的符咒啦，紙人兒啦，[54]種種的難得的物事，都從各處人家借了來了。我生育過好些回，可是對於女兒的做產總覺得擔心，那是很有點不安的。」

阿巳：「總是那麼的，你知道。生產之後，你把產湯裝一酒瓶子，[55]同了胞衣去一塊兒埋好了。這是一種符咒，使得那小子不會得缺奶。我們是總之生育不旺，真是覺得很可羨慕的。」

阿辰：「可是，你有一位大少爺，已經很夠了。特別是個男孩，我們的是女孩子三個，男孩子兩個，其中的女孩子是，真是的，從生下來直到死去，都是累贅呀。」

阿巳：「不，女孩子心地純良，是很好的。你也有兩個男孩子，那第二的阿哥所以正是很好的嗣子嘛。[56]我們家的大兒子，光是叫人費心，真是為難。因為是唯一的獨養子，所以嬌養慣了，也不打發出去當差，[57]到了現在是後悔啦。無論怎麼伶俐，不出去看看世面，也是沒有用處的。賺錢的事情一點不知道，只會得去花錢。」

阿辰：「什麼呀，反正總要荒唐一下子的嘛。我們的第二個，也說到世間去看看是帖藥，所以打發到本店去，放在那裡了。」

阿巳：「嘿，倒是能夠馴良的幹著呀。反正，不吃過別人家的飯，是不會懂得人情的。即使是將來用著使用人，不是掐著自家的身子來看，人家的痛苦是不能瞭解的呀。無論怎麼，不曾離開過兩親的手的人，就不會知道痛癢。你真難得，叫他出外公幹去了。」

阿辰：「是呀，現在倒還能夠忍耐幹著的。因為家裡的人平常是嚴緊呀。吩咐過

說，除了例假[58]之外，不准回到家來。就是因為差使來到近地，也不順路來到家裡。」說話的中間，有使女到來了。

使女：「太太，式手屋的馬太郎老闆來了，請你就回家去吧。」

阿辰：「哦，現在就去。——那個，你看，兩遍三遍的來迎接嘛！真是的，偶爾洗一回澡，也還是不成。呵，呵，呵。——喂，喂，喜代呀，喜代呀！你呀，把茶預備好吧！」

使女：「嗳，嗳。」走出去了。

阿辰：「再見！你安靜的——」

阿巳：「嗳，再見！請你對你家裡的致意問候，心裡想著卻一直沒有去得。」——二人別去。

老太婆們的對話

在水船的旁邊，兩個老太婆一面倒出袋裡的米糠來，一面磨動著下巴，正在說話。

阿申：「老奶奶，你上來了麼？」

阿酉：「啊呀，老奶奶，你早呀！是什麼時候來的呀？」差不多年紀的老太婆，互相招呼叫老奶奶，誰也不知道到底哪個是老奶奶。

阿申：「真是的，老奶奶，近來很少看見你呀。」

阿酉：「是呀。你的身體沒有什麼不好麼？」

阿申：「可不是麼？就是那個呀。這總之是老病吧。眼睛不好，腰腳也不強健。沒有比這更討厭的事了。高興的就只是媳婦兒一個人罷了。」

阿酉：「什麼，還沒到這年紀哩！」

阿申：「你想現在是多少歲了？」

阿酉：「這麼說來，該是比我大些吧？」

阿申：「嗳，豈止大些呢，大概要差一轉吧。」[59]

阿酉：「那麼八十歲麼？」

阿申：「啊呀啊呀，你這老奶奶真是說得人家太可憐生了！是七十呀。」

阿酉：「哎呀，哎呀！我是去年五十九，過了年是六十歲了，所以大概到明年該是花甲重逢[60]了吧。」

阿申：「這位老奶奶，真說些傻話。真是的，真是的，老是年輕人似的元氣好。」

阿酉：「並不年輕了呀！雖然說是老奶奶四十九歲嫁到信濃去，[61]可是到了六十歲，老奶奶，那是脈也要停了呀！哈，哈，哈。」

阿申：「你老是快活的，那是很好。長了白頭髮，性情還是年輕。」

阿酉：「心裡煩悶著，也豈不是徒然的麼。我是什麼事情都不擱在心上的。或者找

點黑髮油來搽它一下，想再來漂亮一回也好哩。如果有出嫁的機會，老奶奶，請你給我做個媒人吧！豈不是鬼也有六十歲[62]的時代，正是老太婆的盛年麼？阿哈哈哈。」

阿申：「哈，哈哈！真是的，你的後生一定是很好的吧！」[63]

阿酉：「什麼後生，什麼三升，[64]我哪裡管得這些事。死了以後，隨它去就好了。這世的事情還沒有能知道嘛，死過之後怎麼樣，哪能知道呢？睡覺以前每天喝一杯酒，舒舒服服的睡了，那就是天堂了。」

阿申：「是的呀。你能每回喝一點酒，所以你的心情就不同了。我是沒有什麼消遣的法兒。一年到頭，氣悶得厲害。真是的，真是的，我看也不想再看。唉，我已經是，已經是，這個世界住得厭了！」

阿酉：「啊呀，啊呀，這位老奶奶是，如今就這個世界住厭了，那怎麼成呢？死了以後的事情是靠不住的，還不如在這相識的世界上，活到一百歲來好得多吧。」

阿申：「啊，我才不愛呢！我是已經，深深的討厭了。早一點兒也好，等待著如來老爺的來迎哩！」[65]

阿酉：「呃，什麼事呀，這麼不中用的？說是想死想死的人，真是想要死的不曾有過。等得來迎的到了的時候，就要說請你再等我一會兒了吧。」

阿申：「不會有的。這是真實的事情呀。」

阿酉：「死了看看，又想要活了吧？正像稱讚轟出去了的媳婦，再說後來的媳婦的壞話一樣。夏天來了，說冬天好，冬天來了又說是夏天好了。人這東西是，老是說任性如意話的。——我是總是對了兒子和媳婦這樣說給他們聽的。你們呀，要在我活著的時間，給我多吃好吃的東西才好。不可等到死了之後，才醒了過來呀。在佛壇前面，[66]放上許多供品，什麼芋頭呀，什麼把擂槌削在裡邊，[67]成了佛的[68]吃也不吃，沒有人知道。忘記了齋日，烤了一大塊油豆腐上供，或者放上些年糕和七色糕餅，[69]還不如在活著的時期，用了初上市的松魚[70]給喝一杯，倒是更大的功德。哦，老奶奶，是不是呀？因為這麼的說，小子們倒也很孝順，用心的做生意。每天做了買賣回來，總是買了什麼，用竹箬包了，阿媽，來喝一杯吧，每晚上臨睡給喝一合酒的。」稍微興奮了，似乎將要流出高興的眼淚來。「你知道，那小子以前也是有點兒荒唐，現在可是鹽沁透了[71]的緣故吧，那才真是規規矩矩的，做著生意。阿爹早死了，這也使得他把身子收緊了。可是在我呢，把他養大成人，老奶奶，那才是積了海山似的多大辛苦呀！這樣要是天性不好的小子，恐怕至今還是胡亂的跑著玩，抵不得什麼用，幸而早早的明白過來了，為了他和為了我也兩面都好呀。而且那媳婦兒也是老實的人，早晚都很留心照顧。這也是一件快活的事。那個是，你知道，龍糞新開路[72]的足右衛門做的媒人，偶然的討了來，前後已經三個年頭了。就是不知道怎的，雖然想望孫子，可是那是不得要領的夫婦呀！那本來是天給的嘛，無論你怎麼想望，種子沒有是養不出來的，老奶奶，是不是？」

阿申：「那是呀！真是不能夠如意的事情。我們家是，我身子不聽話，連看小孩的事也一點都不能做，可是隔年養一個啦！真是的，很想能夠分給你些呢。先前的媳婦留下的孩子三個，這回的媳婦接連的是兩個，而且，你知道，也要有了。只要做生意出力那也好，可是個大酒鬼，三天五天的接連著懶惰，這事情就糟糕了。媳婦是在市房[73]一帶是有名的大搭拉。[74]自己的小鬼[75]的事一點也不管，專門梳自家的頭，讓丈夫穿著破爛衣服，小孩的尿布也沁透糞便，一洗都不洗。一吃完飯，便把檯子推開，背了小鬼出去了。誰也沒有做事的人，沒有辦法還是我來收拾。藉著孩子多這句話，家裡的事情一丁點兒都不管。有誰叫他們孩子多的呢？自己高興造出了許多孩子，還以為了不得哩，真是太不懂事了。你看她那個樣兒吧！她也到過你那兒，梳著那個什麼香菰姐乾瓢姐的頭，[76]穿了那僅有的一件兒衣服，直穿到破爛為止。衣服這東西呀，你知道，只要身上弄得乾淨，就不會顯得怎麼齷齪，可以穿上洗得乾乾淨淨的衣裳的。洗衣服的事且擱下不談，連怎麼拿一根針的方法也並不懂得。因為是做那行生意出身的，[77]大概子女未必會養，只要教教她，縫紉的事情應該慢慢會得學會的吧，這樣的想著，可是什麼都學不會。不養也行的子女倒養了出來了，叫縫洗一塊擺布吧，[78]手裡全拿不起來。手裡給拿上一根針的話，有如炕席鋪的人縫著席邊哩。[79]嘴巴可是能說會道，人家說了一句，她就會得回答上十句的話。真是的，真是的，叫人心裡焦急哩！你聽聽吧，在漆盤上邊刨松魚呀，在格子門檻上磕煙蒂頭啦，[80]隨手抓什麼東西來當枕頭，毫不客氣的睡起午覺來。向火盆之中，呸呸地吐痰，拿灰來團團地轉一下子，做成好些圓球兒，由我從後邊轉過去，挖了出來去扔掉，她就故意地向灶王爺那裡面吐唾沫去。因為是半夜才睡，早上睡早覺的傢伙，聚集些人，來講一點都沒有趣的戲文，說個不了，末了夜裡寒冷，說要吃什麼稠鹵麵[81]了，亂七八糟地吃過一通，睡下去了的時候就是大聲的打呼。同兒子的夢話混合在一起，又加上嘎啦嘎啦的咬牙齒，吵鬧得睡也睡不著。這之間孩子們也醒了過來，哇哇的吼叫，這邊那邊同時都哭了起來。即使如此，如果不是去把她叫醒的話，她也是不會自己醒的。因為是這種情形，每夜一夜裡都是吵鬧得不得了，老奶奶。」

阿酉：「好了吧！只要那樣，夫婦感情還是好的，那麼不幹這邊的事，你就扔下不管好了。你是照管得太多了。」

阿申：「什麼，我才不管哩！夫婦感情好，那麼論理應該夫婦不再吵架了，可是在母子吵架的中間，還夾著夫婦吵架。本來連回去的地方也沒有，便說滾出去吧。[82]那邊呢，看透了這些事，便耍起皮賴來了。結局是沒有罪過的油燈[83]遭殃，本來並不暗，卻說噯，好暗的燈呀，抓了燈心加上去，盡量的耗費這麼價錢貴的香油。這邊老爺呢又是這邊，胡亂出氣，每回總要把在旁邊的什麼器具碗盞打壞了些。補碗的[84]和漆作工人是我們的老主顧呀。這麼樣還是不行嘛，真是的，我真是沒有一會兒可以安閒的時候。」

阿酉：「噯，這種事情你老是操心，這是你自己吃虧呀。老是著急，所以不得安閒嘛。你不要顧什麼後生，只把這世做得成為天堂好了。你生起氣來，[85]家裡都不得安靜，那就是地獄的苦惱呀。像我這樣的做著，可是也還是要給人家說話，說婆婆嘴煩碎嘛。你已經是五十之後，是二十歲了。[86]那麼你就算是五十之後的事情，你是媳婦，把媳婦當作婆婆去應付她，就沒有什麼麻煩的事了。為得要治家的緣故，給兒子娶了媳婦，這之後婆婆就應得遠遠的退開了才好。總之婆婆如多開口，這家裡便難得安靜。你是在說想死想死，那麼你就算是已經死了好了，再也沒有什麼麻煩了吧。」

阿申：「老奶奶，連你也幫著媳婦了麼？」

阿酉：「咦，誰會得去幫呀！那是你的不平的廢話罷了。我雖則是女人，心卻是男人似的，我不愛說什麼廢話。在說這些話的空兒，還不如來參加大般若建立會吧。[87]因為老在家裡，所以不行呀。請你到來，敲著銅鑼，大聲的唱我們是每天念著佛號呀。[88]你來參加吧，那麼精神就舒服了，非常的好。人還是要盡活著下去。那些事情你都扔開好了。噯，什麼都沒有好處嘛。——啊，冷起來了。你要上來了麼？在十夜[89]那天，請你來吧。反正化緣的和尚會得拿了票子去的。」

阿申：「噯，我總想怎麼的能去哩。」

阿酉：「不是什麼總想能去。還是乾脆的來吧。」說著，走進浴池裡去了。

在公館裡當差的女兒的事情

三十歲左右的妻子，顯得人品並不很低，正在把人中拉長了，在洗著面頰耳邊一帶。

阿戌：「啊呀，啊呀，可不是鍋姑兒麼？[90]那個小姑娘，一會兒不看見，身子便這麼長大了。今年是幾歲了呀？」

阿雉：「噯，是九歲了。哦呵呵呵！」

阿戌：「是放假[91]回來的麼？」

阿雉：「噯。是告了三晚上的假，回來的。」

阿戌：「那是很好的。說起舞蹈來，那是從小時候起，出來當差[92]最好啊。是幾歲起，上去的呢？」

阿雉：「噯，在六歲的那年秋天，上去當差的。」

阿戌：「嘿，你倒是想得開呀。」

阿雉：「是呀，帶了保母去的，現在是會得當差了，以前是老是任性，很有點為難呀。」

阿戌：「不呀，頑皮孩子是很好的嘛，可是保母是，那倒是很不容易呀。練習是怎麼樣辦的呢？」

阿雉：「噯，藤間老闆上公館，所以也是在公館裡練習的。」[93]

阿戌：「那是很方便的事情。一定已經很有進步了吧？」

阿雉：「噯，也還是不得什麼要領呢。可是這孩子倒是喜歡，所以似乎還覺得容易記得。嘿嘿嘿！」

阿戌：「大概要求要看戲文吧？」

阿雉：「噯，已經給看了兩家了，今天是帶了去上廟去的。[94]在這孩子告假在家的期間，什麼事都幹不了，所以家裡的事務全沒有辦。明天一早，就要上公館去了。」

阿戌：「為什麼，不再去續假，多住兩三天的呢？——鍋姑兒，哦呵呵呵！真是的，到我們這邊，也來玩一會兒吧！阿釜[95]是，剛好年紀的朋友呀。」

阿雉：「噯，多謝了！真是的，阿釜姐也簡直是個大人了。每天在好好的出去練習吧？」

阿戌：「噯，光是個兒長得高了，並不變得老實。喂，練習呀，啊，練習吧，那麼的說了，這才肯去練習。總之是懶惰得沒有辦法。而且，你知道，沒有緣分。當差的地方總容易跑掉。這邊想要去的，那邊不成功，中了意的時候呢，這邊又不答應。屢次出去試手，[96]總是有了什麼障礙……哦呵呵呵！實在是很麻煩的事兒啊，哦呵呵呵！」

阿雉：「不呀，什麼事情都有緣分，務必請你寬心等著好了。可是，當差真是難得的好事情呀。並不要怎麼教訓，舉動自然的規矩起來了。在家裡無論怎樣嚴格的說，總之有些行為禮節改不過來。上到公館去，住在那裡之後，一切舉動自然而然的與前不同了。還有，你知道，這孩子上去的公館，大概是俸祿[97]很高吧，所以才是十分富貴哩，從津貼什麼起，一切都十分優厚。而且那房間的親娘[98]是個性情很好的人，把這當作自己的孩子一般看待，種種照應，所以當差很是容易。還有夫人[99]看見她中了意，不叫她的名字，卻叫她小頑皮，什麼小頑呀小頑的叫，每逢客人到來的時候，都說起這孩子給她誇耀。這真是十分難得的事情。從小就給上去，讓放在那裡的恩典，生前要是忘記了，那才真是對不起哩。可是呢，服飾都是要講究的。而且以前的衣服又漸漸的小起來了，這樣那樣都要從現在起，同大人一樣的從頭置辦，哎呀哎呀，那才是大大的頭痛呀。」

阿戌：「是呀。可是，漸漸的順著長成起來了，這孩子穿舊的衣服可以給妹子們去用，倒也並沒有什麼浪費。可是在阿爹總是件痛事[100]哩。哦呵呵！——真的，到我們這邊來玩一會兒吧。叫我們的阿釜給彈琴，請姑娘舞蹈一回看。我倒是很想看看呀！」

阿雉：「嗳，多謝了！——喂，回話呀，這孩子！」

女兒：「嗳，多謝了！」

阿雉：「釜姑兒琴也彈麼？」

阿戌：「嗳，學了生田派的，可是近來又到山田派[101]那邊學去了。已經取到中級許可了。」[102]

阿雉：「那是很好的。——你請來說話吧！」

阿戌：「嗳，多謝了。」——二人別去。

上方話和江戶話的爭論

上方系統[103]的女人，身體稍矮而胖，臉色白，嘴唇厚，眼邊搽淡胭脂，口紅濃得黑色發光，很粗的簪子用白紙重重包裹，為的怕玳瑁受濕要翹的緣故，用了很可愛的聲音說話。

上方：「阿山姐，了不得的冷呀！不曉得為了什麼，這幾天肚皮情形不好，每夜裡就肚痛，真是很苦惱。因為這樣子，想到澡堂裡，來溫暖它一下子，所以泡了許多回了。——阿山姐，你看那個吧！在那家的[104]旁邊站著的，那小娃子。不知道那是什麼顏色呀？」

阿山：「那個麼？那是，藍裡帶紅的紅青色呀。」
上方：「那是很好的顏色啊。」
阿山：「是叫作什麼淡紫的，漂亮得很。」
上方：「是很雅致的嘛。我是頂喜歡，頂喜歡那江戶紫的。[105]我很想要那麼樣的一件衣服。——阿山姐，你轉過身去吧。」
阿山：「你給我擦洗背脊麼？那是太對不起了。」
上方：「怎麼的，你倒是胖呀。」
阿山：「討厭啊！胖子我是討厭透了，還想喝了醋，讓它瘦一點兒呢。」
上方：「是麼，胖子豈不好麼？」
阿山：「可是，你瞧，裊娜，苗條，豈不還說是什麼柳腰麼？」
上方：「是麼？我倒是覺得不會傷風是很好哩。要是誰來和我賽跑，我還是躺倒了滾著，或者更快一點吧。」
阿山：「啊哈哈哈！——已經打了四點[106]了麼？」
上方：「你說什麼呀？早已經打過了。一會兒就要是正午了吧。」
阿山：「是麼？日子真短了！」
上方：「可不是麼？——這裡出去之後，不到我那裡吃飯去麼？照上邊[107]的作法，想做了圓的[108]來吃，說了不曉得多少遍，家裡的[109]總是閉了耳朵不聽見，今天不知道為

什麼，說煮了圓的給吃吧，既然這麼說了，所以中午是吃圓的呀。」

阿山：「圓的，是什麼呀？」

上方：「本地是叫作甲魚嘛。你也吃吃看。」

阿山：「啊呀，討厭，怪可怕的！什麼甲魚，我看也不要看。你說煮圓的吃，我還以為是麥飯呢，原來乃是甲魚麼。啊，想起來也不愉快。在江戶呀，漂亮的叫甲魚是說蓋子哩。」

上方：「什麼呀，蓋子？蓋子是怎麼樣的東西呀？」

阿山：「因為像是蓋子，所以是蓋子嘛。上方說圓的，那是什麼緣故呢？」

上方：「殼是圓的，所以是圓的嘛！」

阿山：「那麼，兩方面都是一半一半的牽強附會啊。」

上方：「是啊！本地叫作什麼甲魚羹，甲魚羹的，[110]我以為是怎麼樣做的哩，真是好笑，這並不是羹湯，原來就是上方所說的滾煮嘛，鹹得要命，真不好吃。照了上邊的作法做去，沒有這樣沒味兒的東西。第一是用淡清醬[111]的，所以當作下酒的菜，那是頂好的。我是頂愛，愛吃這物事的。就是鰻魚，本地的也只是柔軟，沒有什麼味兒，說起上邊的鰻魚來，不是這麼樣的東西。有名的地方是，京都二條的魚池，大阪的大正，[112]此外魚店雖然還有很多，說起上等的，那就是這幾家了。怎麼辦的呢，用鐵串上穿了拿來燒烤，燒好了之後，再適當的切作幾段，裝在大平碗裡，緊緊的蓋好了拿出來，無論怎麼樣也不怕會得冷掉了。」

阿山：「在江戶是，這樣子的小氣事情是不流行的。江戶前[113]的燒鰻是，把熱騰騰的出熱氣的魚排列在盤子上拿出來。吃著的時候冷掉了，就那麼的擱下，吃那再要來的剛燒好的，那才是江戶子的辦法。冷掉了說拿去餵貓吧，用竹箬子包了拿回去的，那還是很善於打算的人呀。」

上方：「是這樣麼？那麼，這算是什麼江戶子呢？要不讓有什麼廢物，那才是可以自誇呀。好闊氣的說什麼江戶子，從上方人的眼睛裡看過來，可全是不行啊。自誇的事情都是顛倒的。所以說江戶子是不中用的東西嘛。」

阿山：「不中用也好嘛。生為江戶人，可以感謝的事情是，從生到死，絕不離開誕生的土地一寸，噯。像你這樣的，生在京都，住過大阪，又轉到各地方去混過，終於來到這難得的[114]江戶，一直在這裡生活。所以你們是被叫作上方的贅六[115]的嘛。」

上方：「贅六是什麼事情呀？」

阿山：「是賽六。」

上方：「賽六是什麼事情呀？」

阿山：「不知道就算了吧。」

上方：「嘿嘿，關東唄[116]叫賽六作贅六，真是怪話呀！意外[117]也讀作意偉，觀音菩薩讀作觀農菩薩，這算是什麼事啊？因為這樣，因為那樣的說，喂，那個因為[118]是什麼

事呀？」

阿山：「因為這是因為，所以說因為嘛。就是說緣故呀。那麼上方說的薩凱[119]是什麼事呀？」

上方：「薩凱是，是說物事的界限呀，噯。物事的限度是薩凱，所以說這麼薩凱，就是這樣的界限啊。」

阿山：「那麼，我說吧。江戶話的卡拉你覺得可笑，在百人詩[120]裡的歌詞上，是怎麼說的呀。」

上方：「喂，喂，又是百人詩來了！那不是詩，是《百人一首》呀。可是，還沒有說是白人詩，那倒是還有出息的。」

阿山：「那是我說左了。」

上方：「不是說左，[121]那是說錯了。真是十分的難聽。在看著戲的時候，說什麼現在是你的最後，[122]你覺悟吧，什麼臺願成就，感激不盡，[123]還有飄亮的人[124]隨口說什麼萬歲咧，才藏咧，[125]也沒有人批品，就那麼算了。」

阿山：「那個那個，上方也不對，不對。什麼批品？你說希卡路，[126]那是閃電麼？奇怪呀！江戶是說批評——西卡路的。噯，不是說那種詞兒的。」

上方：「飄亮，批品。的確，那是我錯了。——那個，《百人一首》卻是什麼事呀？」

阿山：「就是說那因為的一句話呀。你好好的聽吧。《百人一首》的歌裡，有文屋康秀[127]的一首說：——因為風吹了，秋天的草木都枯萎了……喂，因為風吹了，好麼？說風吹了的緣故，所以道因為風吹了的啊。無論上方是說薩凱薩凱，可是歌裡不說風吹了薩凱，秋天的草木都枯萎了。」

上方：「對啦，這樣說來，似乎你所說的真是正當的了，可是要說呢，自然也有什麼可說的。」

阿山：「說臺願成就什麼的，也總比較說伶俐是令俐，說漂亮是飄亮，說狐狸是呼狸，要好些子吧。因為這與什麼五音相通[128]之說是適合的，不算怎麼不合理，近來有博學的人這樣的說過嘛。什麼延引說延寧咧，觀音說觀農咧，在母音上邊加上唔字去，因為五音相通，恩奈（恩愛），觀農（觀音），延寧（延引），善諾（善惡），便都變成這樣了。他這樣的教導我們，所以在你再嘲笑江戶話的時候，想來整你一番，我早就是等著的。」

上方：「是麼？那麼，觀農也好，卡拉也好吧。可是，還是那關東唄，怎麼辦唄，

這麼辦唄，去唄，回去唄，這簡直是不像樣子呀。」

阿山：「這個也是，在什麼《萬葉集》，還有以外的神代的書裡，[129]據說也有唄唄話哩。唄就是說貝西——可以，去唄回去唄是說可以去了、可以回去了的意思，就是現今，聽說做什麼萬葉派的歌的人，也還使用唄唄話哩。這是我也在那時候一起聽說到，在家裡記了下來留著，所以請你來把這些歌詞看一下吧。這是古話。俗語裡有『叫什麼』——難丘這句話，這丘字乃是叫——篤由這音的緊縮，倒是古話，所以據說是很有來由的哩。」

上方：「什麼呀，那唄唄話有什麼道理麼？」

阿山：「沒有道理也行呀。你不相信，請到我們家裡，去看一下那筆記吧。」

上方：「噯，去看一下吧。你不賭點什麼輸贏麼？我如果輸了，我出甜酒，或是大福餅。[130]你呢，你又出什麼呢？」

阿山：「出是什麼呀？」

上方：「那是請客呀。」

阿山：「是你作東麼？」

上方：「對啦。」

阿山：「唔，我若是輸了的話，就奮發一下子請兩錢銀子[131]的鰻魚吧。」

上方：「那是很好的！」

阿山：「啊，痛，痛，痛！啊，真是痛呀。你是，高興起來，拚命的擦起背脊來了。好了好了。」

上方：「哈，哈，哈。趁了高興，啊，真累得很。」

阿山：「喂，你把背脊拿過來吧。」

上方：「要報復了麼？胡來是不行的啊。這是怎麼的，阿山姐！痛，痛！是薄情的人兒！要是麻煩，就丟開了好了。痛，痛！這是怎麼的？痛得受不了，因為那裡有灸瘡嘛。真是擦背的好手。痛，痛痛痛！」

女孩們的扮家家[132]和拍球

看管小孩的女孩子，在主婦給嬰孩擦乾身子的時間，坐在衣服的旁邊，攤開了單幅布做的衣衫，[133]在捉蝨子。在她身邊有七八歲為頭，和六歲左右的女兒，一共四五人，豎著從江之島買來的貝殼小屏風，[134]在小香盒上邊鋪了洋娃娃的衣服，[135]給娃娃睡了，蓋上棉被。用稻草做成的大姐兒[136]把紙揉皺了，做成島田髻，圓髻，變樣島田髻，以及輪形髻，[137]拿火柴[138]做了梳子和簪給插上了，用梳頭用的舊布片當作腰帶，給繫上了，又給解開，說著大人樣子的話，在玩著扮家家的遊戲。

阿春：「寶寶，乖乖的睡覺吧。早上醒過來的時候，給你阿番[139]當早點心吧。哎呀哎呀，又醒了麼？為什麼不睡的呢？阿夏姐，阿夏姐！哎呀，不是這麼的！隔壁的太太，我呀，我們家裡的這寶寶，總是哭著，沒有法子！」

阿夏：「那麼，你給安上燙燙的[140]好了。」

阿春：「噯，噯。那是很可怕的呀！說是燙燙的。哦，可怕呀！早點睡覺吧。大野貓來啦！——噯，噯，寶寶是已經睡了。」

小孩之中有壞脾氣的討人嫌的，把年紀小的弄哭了，或是把要好的從中分開，有名的多嘴的鴉頭，[141]叫作阿嫌的大麻臉，是小孩們的首領。她用手把青鼻涕往旁邊搪開了，再拿手去在膝邊衣服上去擦。

阿嫌：「哎呀，哎呀，哎呀，哎呀！我是不願意，我是不願意。阿春姐什麼真是任心任意呀！你本來不是太太嘛。阿夏姐和我才是太太，你本來是當老媽子的。阿秋姐，是不是？」

阿秋在大家之中是個老實的、不中用的人物：「噯，是的。可不是麼，阿夏姐。」

阿夏在大家之中乃是聰明的：「怎麼樣，我不知道呀。」

阿春：「哎呀，哎呀，哎呀，哎呀！並不是這樣的呀！剛才決定的是，我是該當太太的。那麼著，我是不答應。我不再同你玩了！」

阿冬對於兩邊都附和，是個騎牆派：[142]「噯，好吧。阿嫌姐，你不玩也行吧？」

阿嫌：「噯，行啊。本來一點都不發愁嘛！」

阿夏：「阿春姐，你忍耐一下子，當著玩吧。就是當了老媽子，反正大家都輪著當的，這樣也行吧。你到下回，再當太太好了。」

阿春：「我不願意。阿嫌姐和阿冬姐說那樣的話嘛。」

阿冬：「我說什麼了？」

阿春：「剛才不是說了麼。」

阿嫌：「好吧，你扔下吧。對這樣傢伙，你別再理會好了。」

阿春：「那麼，剛才送給你的東西，都還我吧！」

阿嫌：「噯，還你！我不要這樣骯髒的東西。」拿出綿綢小片來扔下。

阿春：「阿冬姐也把剛才的東西還了！」

阿冬：「噯！」從袖底[143]同末屑一起，掏了出來，「三弦絲線的末屑什麼，有什麼用場！阿嫌姐，是麼？」

阿春：「還我好了！從此以後，不管怎麼說給我吧，什麼都不再給了。」

阿嫌：「屁，屁，屁！」引長了說。將嘴唇翻出來，從額角底下瞪著眼睛看。[144]

阿春：「左性子[145]的傢伙！」

阿嫌：「生氣的老婆子！——小偷兒，小偷兒！今年的小偷兒是疏忽不得！」

阿春：「我什麼時候偷了東西了？」

阿冬：「給缺牙齒的老婆子喝茶吧，給缺牙齒的老婆子喝茶吧！」

阿春：「缺了牙齒，也不干你事！」把嘴唇噘出了。——「阿秋姐，阿秋姐，這邊來吧。這塊綢子送給你。」

阿秋：「噯，謝謝你！」

阿春：「你同我一起來玩。我們玩扮家家吧。」

阿秋：「噯。」

阿嫌：「瞧你那樣子！[146]阿秋這渾傢伙！阿夏姐和阿冬姐不要去，來同我玩耍吧。玩什麼好呢？」

阿冬：「噯，我們拍球吧。」

阿秋：「好吧，同了你兩個人來玩扮家家吧。」

阿春：「噯。那麼樣的傻子，不讓加入我們隊裡的啊，阿秋姐。」

阿冬：「喂喂，我們來拍球吧。」

阿夏：「恢復和睦吧。吵架是不行的。」

阿嫌：「別管好了。——喂喂，唱歌吧，大家都唱起來。——一二，三四，五六，七八，還有九和十呀，二十呀，三十呀，四十呀，五十呀，六十呀，七十呀，八十呀，九十九貫目，[147]手頭三十六，正在你的面前了一百了。——一二，三四，五六，啊，掉了下來了！」這時候，決定次序的比賽已了。「你是第一，我是二，阿冬姐是三呀！」

阿夏：「啊，唱什麼好呢？來唱大門口[148]吧。

大門口，揚屋町，
三浦高浦，米屋的倌人，
道中都是非凡的華麗。[149]
仰起頭來看時是花紫，
相川清川，逢什麼的逢染川，
錦繡集成的龍田川。[150]
這個呀，那個呀，
請看對面，請看新川吧！
張帆的船兩隻接著走，
那船裡載著倌人，載著小倌人，
後邊跟著大的官船。
喂，停住吧，船夫停住吧！
停住了給你五升。[151]
五升不要，三個五升也不要，
聽了你們天就要晚了。

天晚了，月亮出來了，

這就是郎君的真心啊。

這樣一百了，

啊，二百了，

啊，三百了。（中略[152]）

總計起來，借出了一貫了。

大染坊的清老闆，[153]

主人和清客都在清水六角堂，

大妓樓的松樹底下，

聽著人們的聲音。

啊，一百了。——啊呀，掉了下來了！」

阿冬：「白粉白白的，白木屋的阿駒姐，

還有才三老闆，[154]

店裡是丈八拿著筆，——啊呀，掉了下來了！」

阿嫌：「遠呀遠州的大老官，

說是油店[155]的孫子，
是說也說不出的漂亮的漢子，
夏天也穿布襪子，
底下是散紐的皮底拖鞋，[156]
帖哩嗒啦架子在走路。——啊唷，掉了下來了！真是要叫人生氣！」

阿春：「痛快得很！」

阿嫌：「別管，你這小東西仔！——這回，阿夏姐，我們來唱這歌吧：京京京橋呀，中中中橋，阿夏十六歲，那大袖子的衣衫啊！」

阿夏：「噯，那歌好吧。」

這邊的兩個人是在扮家家，裝作街坊串門子。

阿春：「隔壁的太太，你好麼？」

阿秋：「噯，你來了麼。哎呀哎呀，請進這裡邊來吧。」

阿春：「噯，這是紅豆飯，[157]只有一點兒，略表賀意罷了。」

阿秋：「噯，噯。你這做得真精緻呀。」

阿春：「請你多多的用吧。」把帶的結子移到前面來，[158]用紅布做的猴兒枕頭，[159]背在背上，很為難似的一面唱著兒歌：「寶寶老是愛哭，真是很對不起。——且來看著山，給把一泡小便吧。這裡是有花木很多的山嘛。好吧，好吧，好吧，好吧！這裡是

走過咚咚橋[160]的地方。現在是，要從山上漸漸回家去的路上了。喂，撒尿吧，唏！（拉長）」

阿秋：「太太，你就要回去了麼？」

阿春：「那個呀。現在還沒有回去哩。剛才是在山上，看著花哩。」[161]

拍球的女孩子們看著這邊，阿嫌：「那樣子！荸薺芽頭[162]的太太，哪裡有哇！阿冬姐，你看那個吧。把掃帚棒折了來，當作筷子，在小酒盅裡裝一點垃圾，說什麼是赤豆飯，太太，只有一丁兒！[163]看那樣兒！」將嘴唇翻出來，學著說話。

看管小孩的女人看不下去：「阿嫌姐，別說那麼左性子的話。你總是欺侮年紀小的人。大家和和氣氣的玩著吧。那麼分了開來，這夥伴就拆散了。一起去玩著吧！」

阿春，阿秋：「噯！」

阿嫌：「用不著你多管事！別麻煩吧，你這爛眼邊！」

看管小孩的：「真是的，真是豈有此理的孩子！因為這樣，所以受男孩的欺侮的嘛。說的無賴鴉頭，正是你這種人啦！」

阿嫌：「我就是無賴，也犯不著你，呸！」吐了一口唾沫，逃向門口去，剛走了三步，就哇的哭了起來，一直跑回家去了。中途停止了哭，等得走到了自己家的橫街口，又重新哭起，哇，哇，哇的拉長了哭叫。

阿春：「大家不到我家裡去麼？」

阿夏：「噯，我去。」

阿秋：「我也去。」

阿冬：「阿春姐，你讓我也來入隊吧！」

阿春：「噯，請你也去。」

騎牆派，不中用的人，聰明的和笨的，都發出大聲來唱歌：

「俺們回家去吧，

蛤蟆要叫了！[164]

俺們回家（拉長）去吧，

蛤蟆要叫了！」

注釋：

1「百鳥叫」，原係一種雜耍，由一個人學各種鳥類的叫聲，這裡只用作比喻，將門前走過的各式討錢人的聲音，比作百鳥罷了。

2玉垣係說神社石牆的敬語。此一節是伊勢神宮舉行祓除儀式時的祝文，毛和尚走到人家門前，口誦此詞，請求布施。

3此係法華宗即日蓮宗信徒所唱的詞句，日蓮是十三世紀後半的和尚，初修天臺宗及密宗，後乃轉入狂信，認為只有《妙法蓮華經》是如來的本意，自立一派，高唱「南無妙法蓮華經」，以代替佛

號。在日本佛教算是一個改革家，但多有熱狂分子，可能包含著好些神道精神。但在日本民間勢力相當不少，信徒尊稱他為高祖，又如本文中稱為菩薩。

4 這幾句話稱為回向文，在法事終了的時候，照例要說，意思是將此番功德轉回給國家人民，或是代代先祖。源出《法華經．化城喻品》中，但與日蓮宗卻無一定的關係。

5 八宗是中國佛教各派的總數，九宗是隨便湊合上去的，只是說宗派之多而已。

6 出口氏注云，淨琉璃中唱常盤津一派的名字，末尾常用文字二字，唱富本一派的常用豐字放在上頭。這裡意思說她好像唱淨琉璃的女人。

7 出口氏注云，舊時藝妓白牙齒，妓女染黑牙齒。一般婦女則閨女皆白牙齒，結婚後剃去眉毛，染黑牙齒，至明治維新後始廢止。

8 這種花樣當時叫作「謎染」，係染出花紋，再用文字解讀，成了一種意義。這裡原文畫作一把斧子（雙關解作好字），一張琴（亦云「箏」，解作事字），一朵菊花（解作聽字），合起來是「聽好消息」的意思。

9 這一句是譯者補充的，因為原本後邊提出名字，有點來得鶻突。看來她不是唱書的，卻是一個藝妓，照作者慣例，常將有關名物拿來當作名字，這三味即是三味線（三弦）之略。

10 鯛是日本海魚，讀若「他伊」，在中國市上稱為大頭魚。阿鯛名字的意義，參看上文注9。晚上是指前夜在飯館有人叫局鬧酒的事情。

11 呑助、飲六與上下文的糟兵衛及酒香，都是指酒客，均以與酒有關的字為名。

12 甚句亦稱甚九，是一種民謠的格調，大抵用七七七五這樣四句合成，合計二十六音，比三十一音的和歌為短，卻比十七音的俳句為長。此種格調似最為日本人民所喜愛，此外如潮來調，及通行的都都逸調，也都是如此，只是唱法不同罷了。

13 打扮這裡是說頭髮梳好了。

14 日本有專業梳頭的女人，阿櫛阿筋皆是，名字的取義參看上文注9。櫛即是梳子，筋為「毛筋」之略，是一種黃楊製的長針，一頭扁平，刻作小梳的樣子，一頭尖長，用以劃分頭髮，毛筋意思即云髮絡。

15木屐係是總稱，這裡原文所說只是其中一種，名為駒下駄，特色是屐面與屐齒都用一塊木頭所雕出，不像陰雨天的下駄，屐面用甲種木，屐齒又用別的硬木鑲上去的。

16稻收穫過了的田裡，有時從根上還長出稻來，稱為二番稻，大抵只有疏朗的幾株。

17日本俗語云七難九厄，代表一切苦難，這裡只是說臉上的各種缺點。

18木屐的底分作前後兩半，中間用皮釘著連住，亦稱折下駄。

19這一句也是補充的。撥本係彈琵琶用的撥子，日本彈三弦時亦用此物。

20財神會參看前編卷上注117。酒宴中往往召藝妓侑酒，雖並不唱曲，亦稱出局。

21八點是夜中二時，參看前編卷上注68。

22原文云「弱蟲」，俗語可說「膿包」，但嫌字義稍差，故暫用地方方言「孱頭」。

23澡堂裡擦澡的人通稱三助，據出口氏注引《大言海》說，蓋因此輩多用三助等名字，故轉為公名，有如說張三李四。

24參看上文注6。俗傳三弦下端係用貓皮，故藝妓諢名為貓。阿弦亦取三弦之義，豐包第二字原文從髟，解作女人髮髻上突出的後部，中國俗稱燕尾兒者是，但漢文中無此訓，只說是多鬚貌，今故不用，省作包字，而於注中說明原意。

25紀國屋係名優澤村宗十郎的字號。

26出口氏注云，舊時戲文每興行一次，歷四十日為一時節，自十一月一日起，計分冬春夏及中元，又西下留別演出，共有五時節。

27丸三意云圓中三字，係店號徽章，乃是一種特別茶館的名號，專供看戲的人休息，並代辦一切手續的地方。

28正當應云像聲，原是一人模仿各優伶的聲口，學他們的唱戲，與中國通行的相聲有別。

29有人頭頸前伸，背現圓形者，俗稱為貓背脊，因為貓時常把背拱起來的緣故。老鼠糞形容泥垢，這裡乃因貓而連帶說起的。

30「老爺子」係北方方言，意義口氣與原語「親仁」正相合，故借用之。

31「這一向可好」之略，見前編卷下注133。

32舊時兒童上學，在書塾中差不多以習字為主，所以一般以習字為上學的通稱。

33原文云「阿薩」，係小兒叫番薯的俗名，因為日本從南方輸入白薯，故稱為薩摩芋，略稱阿薩。

34三田村氏注云，阿林係使女的通稱，猶如男僕之稱權助。

35這裡阿辰阿巳，均用干支為名，小孩名阿馬，也即是午的變相。下文有阿申、阿酉及阿戌，亦是同一的例。

36連用「那個」，作為話中助詞，乃小孩常態，今悉依原文，不加變動。

37「飯盒」原文云「辨當」，初解作行廚，其後轉作個人隨身攜帶，裝有飯菜的食盒，以便在外食用。現代工作人員多是如此，但在此處當另有說明。出口氏注引山中翁說，當時小孩往書塾學習，喜歡各帶飯盒，在塾中聚會吃食，所以許可他們攜帶，便含有一點獎賞的意味了。下文說飯盒要是遲了，當是中午送去，並非小孩自己帶去的。

38小孩對大人有所請求，竭力催逼，輒作鼻聲，表出欲哭的情狀。

39肉桂係是中國舊藥，小孩買來吮食，有辛甜氣味。水中泡丁香，令有香氣，小兒灌入水盅內，用以磨墨寫字。

40見前編卷下注18。據三田村氏說，合卷的改裝發行，係由於三馬的計畫云。

41豐國見前編卷下注12。國貞亦姓歌川，為豐國的弟子，其師死後襲稱二世豐國。

42中國舊時也有此類花紙，出典未詳。出口氏注引《世事百談》，云世間俗稱老鼠為新娘子，或者因此想出來的亦未可知。

43江戶時代最初刊行繡像小本，紙五枚訂作一冊，書面用紅紙，貼黃籤，通稱紅皮書。內容多係民間傳說故事，一般平民及兒童均甚愛讀。「老話」係直譯原文「昔話」，指從前流傳下來的童話故事。

44日本婦女舊時梳頭，主要是三部分，一曰鬢，在左右兩旁，二曰髻，在頭上，三曰他波，寫作髟下包字，即腦後突出部分，北方俗稱燕尾兒。鬢插最初係用鯨鬚製成，裝在鬢內，使之鼓起，後有用玳瑁或銀製者，則近於鬢夾了。

45原文云「摘髢」，即是說燕尾兒係梳時用手拉成，並不用什麼器具的。

46頂上髮髻有各種式樣，原係由本人頭髮梳成，後來發明假髻，係用紙板糊成，戴了上去，只須再用頭髮薄薄蓋住，便成功了。

47舊時日本京都在西京，江戶雖係將軍所住地方，比起究有高下，所以京都樣式總占著勢力，一般說話也說京都大阪一帶是上方，江戶叫作關東。本來上方人是京都人士的代表，比關東鄉下人不同，但江戶文學發達之後，本地人氣焰增高，在許多作品中又往往顛倒過來，把上方人說得不及江戶子了。

48「家裡的」係俗語，婦女指自己的丈夫，大抵通行於市井中流階級。

49舊時日本習俗，婦女懷孕照例過五個月之後要繫上肚帶，這名稱岩田帶，大概原是保護胎兒的用意吧。本來說是在五個月第五天，但也無從嚴格規定，卻是大抵選用曆本上的戌日，因為狗是生產安易的。肚帶用紅布，須由母家供應，並祝賀的糕（糍粑）一併送去，繫帶後將糕分給親戚。

50原文云「赤」，中國古醫書上稱海鷂魚，亦稱邵陽魚，鍋蓋魚當係某地方言，頗得要領。這種海魚鹹製的，舊時東南有之，俗稱呼魚，不知什麼字。

51實母散係舊時中國方的婦科用藥，至今尚有。婦王散據三田村氏說，在日本大地震前有售，店在東京神田須田町

52原名照降町，係民間口頭俗名，不見於地圖上，本名小網町，因近地一帶多是賣雨傘及高齒木屐的店鋪，所以得到這個名稱。

53出口氏注引山中翁說，民間俗信，熊能使得小孩天花麻疹的病減輕，故有人牽了小熊，頸間帶著五色的幣束，腰裡繫著白布的肚帶，往來討錢。用這肚帶給產婦繫上，必可安產云。

54催生的符咒係各處子安觀音子安地藏那裡求來，「子安」即是安產。紙人兒也是一種符咒，係紀伊加田地方的粟島神社所發給，普通亦稱淡島，所祀神係一女子，云能治療婦人科病症。

55原名「德利」，係一種通用的酒瓶，普通內容液體一合，約合四兩，大者可容一升以上56這句原文意稍費解。因為日本從來家業全歸長男承受，所謂嗣子，次男以下例不得與。又兒女分別計算，男兒如生當第三四，亦從頭算作長男，女兒則自依次稱長女次女。此處第二的阿哥似只可依照中國說法，解作生當第二的長男，所以應是嗣子，若作男兒中的第二個解，則是次男了，照例是不能繼承

的。

57 此處原文云「奉公」，即是說服役，是日本封建制度下遺留著的特別用語。因為強調主從上下的關係，把一切徒弟夥計婢僕的工作都說作「奉公」，雖然後來通用已久，原來的氣味也多少失掉了。

58 參看前編卷下注8。

59 「一轉」平常是說干支一輪即十二步，這裡的意思乃是指十年。

60 民間稱六十歲為花甲，但舊時係說滿六十年，所以到了六十一歲才算是周甲，日本稱為「本卦復歸」，與這算法相同。

61 出口氏注云，小孩拍球歌中有云，善光寺老奶奶年紀四十九，說要嫁到信濃去，但加賀地方村中歌則云，今年是九十九，嫁到熊野去。三田村氏注引小林一茶作俳句云，老奶奶四十九到信濃去，（帶著）紙衣呀。可見這俗歌流傳得久遠了。

62 日本俗語有云，鬼也有十六，粗茶也有頭汁，意思是說粗茶初泡上時的第一碗也有香味，鬼雖可怕，在十六歲時也有她豐美的時代。十六即中國說二八的意思，現在把這句話顛倒說成六十罷了。日本舊時所謂鬼係是鬼物，乃妖怪之類，可以自少至老，想像有種種的不同，所以有青年鬼女，與青年女子的鬼魂意義是不一樣的。

63 「後生」係佛教用語，三生之一，即是指後世，來世。「後生好」這句話原是說來生幸福，但普通轉成一般生活幸福的意思了。

64 日本語「後生」讀音與「五升」相同，因此用作戲談，與「三升」拉在一起。

65 佛教的淨土宗信徒根據《阿彌陀經》，相信西方有極樂國土，即是淨土，只要一心念佛，死時自有淨土的使者來迎，往生其處。淨土的主者是阿彌陀佛，但這裡與釋迦如來混而為一了。

66 佛壇本來是供養佛像的地方，但日本一般轉用於供奉祖先牌位的小龕，因為人民信佛，相信人死後往生淨土，即是成佛，所以稱死者為佛爺，佛壇的名字因此也就覺得沒有什麼不合了。

67 日本人幾乎每早必吃醬湯，須用擂槌將豆瓣醬在乳缽內攪碎，因此連木頭也吃下去了。出口氏注引用《撈海一得》卷上云，俗語謂上自侯爺，下至貧賤居民，每日無不吃擂槌者。田汝成著《委巷叢談》云，杭州人一日吃三十丈木頭，以三十萬家為率，大約每十家吃擂槌一分，合而計之則三十丈矣。是因杭州乃甚蕃昌之地故也，日本用味噌醬，用擂槌亦必很多吧。以此率計算，江戶人家吃下擂槌木，每天也當有幾十丈吧。

68「成了佛的」即是指死者，見上文注66。

69七色糕餅，據出口氏注云，舊時信奉庚申神的人，每於庚申日供七色糕餅，其實是七種粗點心，現已沒有，只是在大阪神戶地方，中元祀祖先供物用七色果子，乃是茄子黃瓜芋頭梨柿栗等物了。

70松魚沿用日本舊稱，通常寫作魚旁堅字，係取會意，與古文解作大烏魚的原字不同。日本將此魚分片蒸過曬乾，刨片用作調味料，堅硬如木，故制此名，中國亦遂稱為木魚。鮮魚煮食，並不怎麼好吃，但江戶時代因鮮物珍重，將別在初上市時，市民爭先購買，以相誇耀，才隔一日，便價值相差甚遠，係當時風氣如此，明治後已沒有此風了。

71比喻說世間的艱難辛苦，於人的經驗有益，大概也取義於鹹魚臘肉的作用吧。

72舊時所謂新開路大抵都是小路，只是「穿堂門」一類的路徑而已。出口氏注引山中翁說，江戶有狗屎新開路，這龍糞云云或者模擬那地名的吧。

73普通住房另立門戶，大小自具結構，這裡所說市房原名「長屋」，乃是若干家一排，棟宇連接，不過分作數戶，有出入口而已。

74「搭拉」係直譯原文意思，又與北京方言相合，是說衣服拖曳，引伸為百事廢弛。

75「小鬼」原文云「餓鬼」，係從佛教的餓鬼道轉出，專門用於小孩，含有侮蔑的意思。

76出口氏注云，舊時江戶婦女梳一種香菰髻，係因形似得名。乾瓢乃是用圓瓠，削片切絲曬乾而成，作為肴饌，近似黃花菜。這裡因香菰而連及，其實並無此項髮髻名稱。

77這句話暗示係由妓女出身。

78搌布常用舊布數層縫成，這裡所謂洗，乃是說先將舊布洗過，貼在板上曬乾，然後再縫。

79「炕席」原文云「塔塔米」，係先用稻草編成底墊，厚約寸許，上蓋草席，兩面加邊，係用麻布以麻線縫釘即成。這種縫邊工作，乃是用略彎曲的長針縫釘，比較簡單，故用作比喻。

80刨松魚應用木盤去接，漆盤易有損傷。舊時婦女多吃旱煙，用具彷彿如潮煙管，煙頭須磕入貯水的竹筒中。今如磕在隔扇的門檻上，自然就會得要燒壞了。

81這與中國的稠鹵麵相似，但是鹵並不那麼稠。大概因為吃時係在夜中，故出口氏注解為湯泡飯，但夜裡也有挑了擔賣麵的，所以可能現叫，或者這比當時要自做的泡飯，還更合於情理，亦未可知。

82日本舊時夫權特重，丈夫對妻子有什麼不愜意，可以隨時休棄，只須給一張三行半的休書，便可以叫她回娘家。這裡說女人既是妓女出身，沒有什麼娘家可以回去，所以只是空罵一通罷了。

83舊時家中都點油燈，外有木框，四面糊紙，可以提著走，稱為行燈，也使用燈心，同中國一樣

84見前編卷上注153。

85原文云「你燒起修羅來」，係用佛教語，與下文地獄相應。修羅係阿修羅之略，原義云非天，乃六道眾生之一，性喜爭鬥，故引伸為憤怒等意義。

86俗語云，人生五十年，這裡便以此作為標準來計算，阿申已有七十歲，即是已過了一世，外加二十年。今如算作第二世了，則正是二十歲年紀，相當於做媳婦的時代。

87《大般若經》本名《大般若波羅蜜多經》，共有六百卷，唐代玄奘所譯，即是《心經》的譯本。這經會不知是如何情節，大概也是一種念佛會，或者可以解作心經會吧。據三田村氏注，這會目的大概是在購置該經，建立本來是說修廟，後來意義漸漸轉變了。

88出口氏注云，這大概是募化大般若經會時所唱的詞句，但關於這事未能詳知。

89十夜見前編卷上注75。

90阿鍋阿釜是假定的使女的通稱，這裡大概只是隨便使用，在如本文所寫的那種家庭中，照例未必用這樣名字。

91放假見前編卷下注8。

92當差見上文注57。但這裡是說女孩，情形又略有不同。出口氏注云，大商人的女兒們依據所學得的技藝，聲請在諸侯公館當差，學習禮儀，在江戶時期有此習慣。

93藤間是舞蹈的一派，祖師勘兵衛係藤間村出身，故名。

94上廟原意是往寺裡燒香，但因日本舊時各家祖墳都附屬在寺院，所以這裡說上廟，即是等於去叩拜祖先墳墓。

95參看上文注90。釜在中國俗語也叫作鍋（南方或稱為鑊），大抵鍋深釜淺，或者二者區別就在這裡

吧。

96 試手原係指雇用工人時，先來試工幾天，試後再行決定雇用辦法。

97 俸祿係舊時日本指諸侯以下，每年所領受的祿米數，多的有數百萬石，從所管轄的土地上去徵收來。這裡所說大概是一種小諸侯吧。

98 在侯府即公館裡，夫人底下有許多使女，高級的是「奧女中」，即是上房侍女。雖說是使女，差不多是女官，在她手下又有些使用人，上文注92所說大商人的女兒也就大都放在她們的手下當差，幹點小事情，一面由她照顧教育著。她們有各自一部分房間，又彷彿是那些少女們的母親，所以有此名稱。

99 夫人即是公館的主母，如果是小諸侯，那麼就該是侯夫人了。

100 如出口氏注所云，父親因為要多花錢，所以腰包裡很覺得有點痛吧。

101 日本的所謂琴與中國的古琴不同，其實是一種箏，因為這名稱不通行，所以仍舊用了琴字。在築紫地方興起，由僧玄恕傳於盲人八橋檢校，後益流行，分為各派，山田是其中重要的一派。

102 山田檢校學於生田，獨創新派，故名。原文不說山田，卻用聲音相近的尼駄二字，今簡單的寫作山田了。

103 參看上文注47。這女人生於京都，後來住在大阪，是道地的上方人。

104 出口氏注云，那家的是京都大阪方言，是說人家的內室，意云太太。

105 江戶紫是江戶特有的一種染色，紫中多含藍色，與所謂京紫的多含赤色的不同。

106 舊式四點即上午十時，參看前編卷上注68。

107 上邊即指上方，口氣裡含有優越的意味。

108「圓的」，可以譯為中國的圓魚，惟原文不曾說穿是魚，所以這裡保留了原意的直譯了。

109 參看上文注48。

110 甲魚羹只是名稱如此，其實是一種素菜，一名滾煮，係用芋頭慈菇之類，用醬油煮乾，所以味道相當鹹。

111 清醬係北京俗語，即是醬油，今借用。出口氏注引山中翁說，淡醬油在江戶普通不用，大抵用一種濃厚的醬油，上方稱為滴油的，但在京阪地方則不使用云。

112 魚池係飯館養活魚的池子，這裡大概用作店號，在京都二條地方，原文只云京，今用意譯。大正據注云是有名的鰻店，在大阪道頓堀。

113 江戶前見「自序」注15。這裡用於鰻魚，係是本義。

114 「難得」日本語又含有可感謝的意義，與上文「生為江戶人」云云相應，但兩處譯文不能統一了。

115 贅六或云賽六，係江戶人嘲罵上方人的話。一說此係大阪商民自負的話，後來成為諢號。德川家康時，豐臣氏子孫末後據大阪城抵抗，終於滅亡，因此大阪人備受奴辱，及後經太平時代，商人漸占勢力，幾乎凌駕武士，因此放言武士所有甲冑弓箭刀劍六者，在他們都是贅物，所以稱為贅六云。「贅六」原讀作zeiroku，後又轉為「賽六」（sairoku），平常因江戶人讀「埃」音（ai）為「呃」（ē），遂以為贅六係賽六之轉變，如上說則贅六乃是本稱，現今一般也通稱如此。

116 江戶話多呃音，又，「可以」（beshi）也讀作「唄」（bei），故俗稱關東唄，或唄唄話，即是指江戶話。

117 原文云「慮外」，亦可解作無理舉動，根據注115所說，riogwai 讀作 riogê。「觀」「音」（kwan-on）二音連讀成為 kwanon，乃係另一音例。

118 江戶語「因為」讀作kara，上方則讀 sakai，故成為爭論，但此實係從古語出來，並不是簡單的方言。

119 薩凱即 sakai，上方語用作「因為」解，作為名詞，意云界。

120 《百人一首》係和歌選集的名稱，頂有名的是藤原知家在十三世紀中所編，定家所寫的所謂《小倉百人一首》，普通略稱《百人一首》，流行之廣可與中國的《唐詩三百首》相比。江戶人說話將一字音略去，首字由shu變為shi，因此讀起來轉訛為「百人詩」了。

121 原文在發音上稍有差異，表示訛俗，今就譯語中沒法表示，尚覺可通。

122 出口氏注云，戲文中常用的套語，在將要殺人的時候，對人威嚇用語。「最後」（saigô），江戶讀作seg?，這裡所嘲笑的即是此事。

123 這也是戲文常用的套語，用於盜賊勝利的將寶物偷盜到手的時候。江戶語讀「大」音為dê，今姑偷借用臺字表示，如作南方音讀便合。

124 上方人讀「立派」（rippa）為gippa。下文「批品」也是如此，見下注126。

125 萬歲舞係新年的一種民間歌舞，略稱萬歲。演萬歲舞的人稱為才藏，蓋節取歲字，下加藏字略擬人名，後字變為才藏。歲才原音皆讀作sai，江戶轉讀成為sê音了。

126 「批評」原文作「叱」，正音為shikaru，上方人讀作hkaru，所以是錯了。後者寫作光字，所以本文說是閃電。

127 文屋康秀是九世紀的一個歌人，所作收在《古今集》中，其中最勝者共有六人，後人稱為六歌仙，文屋位居第四云。

128 五音相通即是說雙聲字的通變，所謂五音乃是指五個母音，如大可以變作臺等。但下文所說卻另是一例，第一字的末音與第二字首的母音拼合，與五音相通說便無啥關係了。

129 出口氏注云，殆指《古事記》中的神代卷，但在《萬葉集》及以前的古書中有無說及，未能詳知，只是《源氏物語》卷八花之宴卷中曾有此字云。

130 大福餅係一種極普通的點心，用糯米煮飯搗爛，中裹豆沙，略如南方的麻糍，價廉味美，通行民間，婦孺尤為愛吃。

131 原文云二銖，日本舊時幣制，銀一兩分為四步亦稱為分，每步又分為四銖，一銖值一兩十六分之一，兩銖計值銀一錢二分強，譯語改用了整數。

132 「扮家家」是北京話，南方有地方叫作「扮人事家」。日本通稱「飯事」，便是學做飯做菜玩耍，這裡卻稱作「鄰家事」，因為是在學作鄰家來往模樣。

133 小孩衣衫只用單幅布裁，與在背心縫合的雙幅布所裁的不同。

134 江之島在鎌倉附近，係陸地邊的一小島，上有神社，但以辯才天得名，其地出產各種貝殼，製成玩具出售。

135 香盒原係盛裝香末的盒子，普通用以稱一種小盒，用紙板糊成，上貼綢片或色紙，底面套合而成，充作女孩玩具。洋娃娃今襲用普行的新名詞，因為別無適用的字，雖然洋字的意義不很妥當。

136 「大姐兒」乃是直譯原意，大抵係指女孩們用布片稻草等所自製的玩具，形狀具如本文所說。

137 舊時日本婦女髮髻樣式繁多，以上幾種在當時最通行，維新後改為束髮，除藝妓等以外，舊式漸漸將歸於消滅了。

138 在洋火通行以前，日本與中國一樣，多用火柴，亦稱發焠，用易燃木質削為薄片，上端削尖成牙璋形，略蘸硫黃等引火物質，就留存的炭火上一碰，即可發火。北京舊稱取燈兒，洋火則稱為洋取燈兒。

139 阿番即番薯的俗稱，婦孺常用，見上文注33。

140「燙燙的」係小孩語，指艾灸。舊時教育法常用艾灸恐嚇小兒，認為艾灸無傷大體，可以替代體罰，可能也有人實行，於臀部施灸者。

141 原文云「阿摩」，讀如阿瑪，意云尼姑，係對於女人罵詈或輕蔑之詞。

142「騎牆派」係意譯，原文云「大腿內面的膏藥」，意思是兩面都黏著。

143 日本舊式衣服的袖子是很大的，本應照古文寫作袂吧，這樣式與僧衣的大袖相似，不過底下一部分前後都縫合，所以可以安放零星的物件。

144 小孩對人表示輕蔑反抗，輒將下嘴唇噘起來，說道：毗，毗，毗！因為音近今寫作屁字，其實與這本無什麼關係。從額角底下看人，也是小孩常用的一種態度，表示憎恨的意思。

145「左性子」係北京方言，含有心懷嫉恨，故意彆扭使壞等意味。

146 此句係直譯，多用於看到敵人失敗，表示快意的時候，但也用於罵詈詛咒，如此處便是。

147「貫目」如作重量計算，即是一百兩。但如作為數目，在幣制上一貫即是一千文，這裡下文又作了一百，兒歌上的意義多不可解，此亦是其一。

148「大門口」這裡特別是指江戶吉原（官娼集中地）的大門，此歌用「大門口」一句起頭，故名。

149 揚屋町是吉原的一條街名。三浦等當都是妓女的名稱，出口氏注對於兒歌全無詮釋，故不能詳。「道中」猶云行道，是吉原的一種宣傳行事，每年在一定的三天日期內，有太夫稱號的高等妓女穿著盛裝，圍繞著男女侍從，打著日傘，從京町至江戶町走一個來回，稱為道中。

150 花紫以下，似都是「太夫」的花名，龍田川以楓樹紅葉著名，故今雙關的說及。

151「五升」大概是說酒，不是說米，雖然本文中不曾說明。

152「中略」係原文如此，非是譯者略去。

153出口氏注云，此處係另一首兒歌起頭。歌的意思比前者更不易解，因為沒有唱下去，此亦是一個原因。

154舊劇《戀娘昔八丈》中的人物，阿駒與才三要好，把她的丈夫喜藏毒殺了，將要被處死刑，那時前夫的舊惡發覺，得被放免。丈八是白木屋店裡的一個夥計，在劇中出觀。

155這一首兒歌的頭兩行疑問頗多，今取其大意，未必確實，「油店」原文云「油萬朱」，未知何解，不見於字典，出口氏亦無注語。

156原文云「雪踏」，意云雪地穿的下駄，參看前編卷下注39，是同類的物事。

157舊時風俗，有什麼喜慶事情，家中用赤小豆蒸飯，並分贈親友鄰居，稱為赤飯。

158日本婦女衣上繫帶，帶結甚大，放在背後，這裡因背負不便，故將結子移到前面來。

159日本女孩自製玩具之一，用長方紅布，四角均各併摺縫合，裝滿棉花，再將中間縫上，另以布裹棉花做圓球，縫著前邊兩叉的中間，作為頭部，便成為猴兒形。因為狀似枕頭，所以這裡如此說，小孩則常當作娃娃，或抱或背，本文中即如此使用。

160這或者可以說是旱橋吧，江戶地面高下不一，往往有兩邊高地，中間夾一通路，有如山谷，兩岸往來須架橋梁，不過下面不是河流而已，因為大都是木橋，走起來咚咚作聲，故有此名。

161日本看花，有杜鵑、牽牛及胡枝子花各種，但以櫻花為多，所以普通說看花，都是指櫻花。

162小時候兒童剃去頭髮，只留頂上一塊，以頭繩束住，稱為「芥子坊主」，意云罌粟和尚，蓋謂形似罌粟。荸薺芽頭係南方形容幼兒小辮之詞，今姑且借用。近松所作歷史劇《國姓爺合戰》中，有句云，「韃靼頭的芥子坊主」，乃用在辮髮上。這劇是敘鄭成功扶明滅清的，成功曾受明帝永曆賜姓，在日本稱為國姓爺，很有名望。

163阿嫌故意學說阿春的話，將字音弄錯，這裡原語是──「太太，只有一點兒。」

164出口氏注引山中翁說，以前江戶市中多有蛤蟆，每到傍晚，各處都叫了起來，在屋外遊玩的小孩便這樣的說著，各自回家去了。這歌至近時還存在，雖然事實上已經沒有蛤蟆叫了，因為日本語「回去」與「蛙」都一樣讀作卡厄路，兒童對於雙關的字感到興趣，所以一直到後來還是唱說著。

涼

卷下

多嘴的大娘[1]和酒醉的丈夫吵架的事情

被人家稱作女流氓的、多嘴的大娘阿舌：「大娘，你來了麼？喂，築日屋的大娘！」

對人很冷淡的大娘阿苦：「噯。」只回答了這一聲。

阿舌：「今天給我們希罕的物事，真是多謝了。一直只是收受你給的東西，什麼都沒有還報。而且，那個醃小菜，[2]又是多麼味道好呀！那個是，請教，是怎麼的醃的呢？真是了不得的高手呀！」

阿苦：「什麼，本來是不值得送給人的東西……」

阿舌：「怎麼樣才會得那麼的好吃呀？——啊呀，阿泥姐，你真早呀！」

阿泥：「阿舌姐，你早呀。你怎麼啦？」這個女人是莫名其妙的出身，[3]她的說話

很有些特別。

阿舌：「怎麼啦？就是這麼啦呀！」學她口氣說話。

阿泥：「就是你怎麼樣就是了。真會尋人家說話的缺點。好不討厭！」

阿舌：「好不討厭，也說得好渾，不討人喜歡！」大聲的嚷說。

阿泥：「哎呀，我求你吧，阿舌姐！你這算是在幹的什麼呀？」

阿舌：「我是在學你的說話呀。」

阿泥：「真的麼？你真好管閒事呀。這將來自然會得改好的嘛。」說著話，走進浴池裡去了。

阿舌：「是麼？會得改好的嘛！這可是容易不會治好哇。——喂，米糠袋借給你用吧？」

阿泥：「我有哩。」

阿舌：「你好好的丟我的臉。三年都不能忘記，你記著吧！——阿鳶姐，阿鳶姐！你已經要上來了麼？再等一會兒陪陪我吧。現在要去再泡一下子，我們一塊兒上來好吧。——喂，喂，昨夜的事情謝謝你。那個，我們家裡的那人，我告訴你聽。胡亂的喝醉了回來，一跨進門口，就大字那麼樣的躺倒，說種種無理的話，和人為難。末了你道是怎麼樣？說還喝得不夠，叫再去買酒來。什麼啊，你想，從懷裡掏出錢來，」這個女人說話斷續不清，讀者要請自己留意文法拼法才好。「說俺自己去買吧，說著要去穿草鞋，我把他抱住，說你這東西壞心腸什麼的。醉得一塌糊塗的，連說話都說不清楚，直嚷有什麼可笑，[4]酒什麼我是看也不看，只這麼說，就把我抓住，往屋裡一扔。你想看，油燈也翻了，阿咧[5]也哇哇的吼起來了。哇，點燈！這樣說著，正要用鐵勺裡的水潑過來，這一下子把湯罐也打翻了，茶爐[6]和吹火筒弄得全是灰了。這之後鄰居的阿蛸姐[7]跑了過去，點燈嘍什麼嘍的幹了起來，他倒是太平無事了。我也是心裡有東西[8]的人嘛，不能就那麼答應了。什麼呀，說什麼多嘴的鴉頭，[9]真是太胡鬧了。這邊是，嘴有八張，手也有八隻的。[10]是太太們中經過劫來的，[11]所以和別處的大娘們辦法不是一樣的呀。是肚裡喝滿了泥水[12]的女人嘛！什麼也不想的就是一頓打，可是就讓他同病狗一樣的，打殺了就算，那也不成吧！我這麼那麼的說了些，你聽聽吧，拿起棕掃帚[13]來，把人打得個半死不活。現在也還是身體疼痛得不得了。你看這個吧，長了這麼樣的烏青。[14]可是，當家人[15]是地位上很高的嘛，大家聚集攏來，說阿舌姐這是你不好，怎麼對當家的頂撞起來，那哪裡成呢。真是太不知道事體了。無論如何要謝罪才行，照了他們的意思，承認了錯，這才好容易結束了。」

阿鳶：「啊呀，那真是想不到的事情。我倒一點兒都不知道。如果知道了，我一定要去勸的。」

阿舌：「那是所謂燈臺底下暗呀，所謂鍋兒當盆自家樂呀，[16]在家裡儘管吃了虧，也沒有法子呀。阿咧老是強討硬要，昨天剛給買了一張三弦，這也給踏壞了，撥子不知跑到什麼地方去了。打一回架，得不到什麼好處。像你那裡的肝右衛門什麼的人，性情很好，所以安靜得很呀。同我們家的那個的品格，真有雲泥萬里之差哩。」

阿鳶：「什麼，也並不是那麼樣啊。看去那個樣子，可是也麻煩得很呢！」

阿舌：「那是，什麼一點兒小事情總是有的啊。我們家裡是，一點不對，立刻就打過巴掌來了。總之是，心地[17]不同的嘛。當家人的事情，我不想多說壞話，可是也不成呀。好像是大津繪裡的壽星那樣，[18]頭頂像要頂著天似的，露出了牙齒，瞪著眼睛看人嘛！」

阿鳶：「哎呀，哎呀，你說這麼罪過[19]的話！你說出這樣的話來，那是你不好呀。」

阿舌：「什麼，沒有關係。他說我是個老狸子，[20]他自己倒是狼呀！一百文買的馬，像指南針的針似的，[21]橫著躺在那裡，一年到頭也不把豎著的東西放倒。[22]對他說用點氣力去幹工作吧，便說你別管，果報[23]是睡著等的哩！說著這些話，什麼毫不在乎，不管你怎麼說，一點都不理會。[24]真是，真是，那樣薄情的人，就是穿了鐵的鞋去尋，也是沒有的。」

阿泥：「別這麼說吧。到我們家裡來的時候，是很會得應酬的。因為如此，所以在各方面都受歡迎的嘛。——啊，冷得很，再去熱一下子吧。」

阿舌：「什麼呀，家裡強，外邊弱的，沒有辦法的，暗地裡的李逵嘛！[25]——啊，我也進去泡一下吧，哎呀，哎呀，阿泥姐，你還浸在裡邊麼？怕不要中了熱氣麼！喂，擦洗得差不多好了。泥垢也是身上之物嘛！[26]明天的一份還是留著好吧。」

阿泥：「好了！討人嫌的！」

阿舌：「討人嫌！討人嫌那倒多謝了。要是這樣討了人的喜歡去試試吧，那就要命根子都完了。——噯，對不起啊！」跨進浴池裡去。

在旁邊的女人：「喂，請安靜一點子用水吧。水濺過來了。」

阿舌：「噯，因為這樣，所以才說對不起的嘛！這是眾人之中呀！一點點的水是免不了要濺的，這是在使用湯水嘛。濺了如果不行，那麼退得遠一點兒就好了。若是使用著火呢，火這物事濺了，或者要有燙傷的痕，這反正只是熱湯罷咧。但是湯濺了如

果太熱，那麼再給濺點冷水，弄涼一點怎麼樣呢？噯，又要濺了！濺著了的話，對不起！」亂七八糟的擾動，旁邊的女人也出乎意料，只好去到浴池的角落那裡蹲著。

阿舌：「好大模大樣的！這又不是你獨自包下來的浴池，連左鄰右舍的交際都不知道的，真是大傻瓜。若是打掃塵土，或者要說一聲，要弄下一些垃圾來，每使用湯一下，便說一聲噯，水要濺了，這能行麼？——喂，阿貧姐，哎呀，已經上來了麼？阿泥姐，也出來麼？啊，阿鳶姐，——這傢伙也不在這裡。大家背過了我，都出去了。——啊，男堂那邊鬧得出奇呀！真是莫名其妙的爺們啊。黃色的聲音，[27]倒把浴池裡弄成了五色了。花了十二文學習來的，什麼雪關扉呀，什麼款冬心呀的，[28]用了顫抖的聲音，使得澡堂都要顫動了。是不好弄的病人呀！今天像是發作[29]的日子哩。」一個人獨自說著話，走出了石榴口。[30]

小孩吵架引起大人們的吵架，婆婆和從公館裡出來的媳婦

打開了澡堂的格子門，哇哇的哭著進來的，是那個女兒阿咧：「媽媽，阿鬢姐和阿髫姐打我啦！」（拉長說）

阿舌：「什麼呀，這個小鬼頭！又是吼叫著，滾了來麼？一眼也不要看！哪哪，哪個傢伙打了？阿鬢那小鬼麼？什麼，同了阿髫兩個人？那些小鬼們是，真會欺侮人！

有什麼機會，就把人家弄哭了回來。你這東西也正是恰好！怎麼會得給她們弄哭了的呢？一點都沒有用的。為什麼不盡量把對方的臉孔抓破了的呀？而且還是，給人家聽了多麼難聽，哭著滾到澡堂裡來！——好吧，好吧！你等著，現在我帶了你去，叫那些爹娘壞東西給我們道歉。總之那些爹娘壞東西也是不通人情世故呀！只是愛惜自己的小鬼，人家的小孩們就是死了也不相干。在市房一帶拖著鐵棒，[31]說人家的壞話，也沒有什麼體面吧。把這些事情且來擱在架子上，[32]還是去管管自己的小鬼們好啦。你又太是高興了鬧著玩，這個鴉頭壞種！」

阿咧：「沒有，我是，老老實實的，在那裡玩耍著的，她們突然拚命的來欺侮我，說什麼衣服髒啦，窮人啦，說著種種的話，那個，而且後來——」

阿舌：「什麼？說窮人？這你們管不著！那些傢伙的家裡，能有多少的財產？又並沒有問他們去討了衣服來穿呀！這種事情，不是小孩子能說的話，總是那爹娘壞東西平常那麼在放屁的緣故嘛！要得盡量的，鬧他們一下子才好。」

正這麼說著，那弄哭了阿咧的小孩們的祖母，碰巧也來在那裡，從浴池裡出了來，在後邊一直都完全聽得清楚。

祖母：「什麼呀，這位大娘？什麼爹娘壞東西，爹娘壞東西的，老在罵人！不說說那邊女孩的淘氣事情，只是倒翻過來，說人家孩子的不好。雖然是誇口，說到我們家的孫子是，近地有名的老實人，怎麼會得把人家的孩子弄哭了。還有說市房一帶拖鐵

棒，那是什麼話呀？我們家的媳婦是，並不是那麼樣多嘴的人。人家的什麼風說，一點兒都不說的。噯，所以我是看得起她的。大家都聽著哩，這麼樣的亂說，真是太豈有此理了！那邊的小孩倒常常把我們的孫兒弄哭了回來的哩。要是可以鬧過去，這邊倒真是要鬧它一下子呢！」

阿舌：「喂，喂，好不吵鬧！安靜一點好不好！到了好大的年紀，還要來出頭嘛。喂，我的孩子是壞鴉頭呢，還是你的孫兒是壞種，大家是都明白的。什麼衣服髒啦，什麼家裡窮啦，這都不是從小鬼嘴裡說得出來的話。因為你們在說給她們聽過，所以才說的嘛。一顆塵土，一根筷子，都沒有受過什麼幫助。噯，就是怎麼窮著，也不倚靠你們這些人來幫忙！」

旁邊的各人，甲：「喂，你們是怎麼啦？小孩們吵架，爹娘也出頭來，這就是說作比喻，也是笑話呀！」

乙：「喂，阿舌姐！你算了吧。」

阿舌：「好的！你別管吧！說窮人什麼的！」

祖母：「咦，說呢，沒說呢，單憑小孩的話，怎麼做得證據呢？」

旁邊的人，丙：「老太太，你也，這很危險呀！喂，請你上去了吧。要是上了火，那是有害的。」扶住了她，上來到衣櫃的旁邊去。

阿舌用帶著哭聲的尖銳聲音說話：「什麼呀，老人末就像老人似的躲在家裡好了嘛，要同年輕人一樣的吵鬧，正是活該。像是柿漆紙上染著兼房小紋[33]似的臉上，光是把嘴挪動著，咬得了人麼？」

丁：「喂，那個孩子要哭出來了！你安靜一點吧！」尖著嘴說道：「回頭再說也來得及嘛。」好容易把阿舌勸住了。

阿舌瞪眼怒視著小孩：「真是會哭的小鬼！喂，你看！連母親都使動了肝火，那麼的鬧起來，是為的什麼呀？這都是從你起的事情嘛！」穿好了衣服，「咄，在前頭滾吧！」一面罵著小孩，走了出去。老太婆也自回去，這之後寂靜下來了。

丁：「可怕的大娘呀！真是的，真是的，可怕得很！」

戊：「可不是麼。認真去管小孩打架的事情，那本來是不對的。一切都非把自己的孩子說得對不可哩。」

己：「是呀。我們家的是，如果哭了來，就先罵他一頓。要聽小孩子告狀的話，那是再也沒有限量的。不管是非曲直，先罵自己的孩子，那是最好的事情。或者偶然人家的孩子跑來告狀，就得責罰自己的孩子，使得知道以後警戒才好。說那是可惡的傢伙，請你饒恕他吧！回頭回家裡來的時候，叫他吃罰。這樣說了，那邊的小孩也就滿意了。——不呀，在小孩裡邊，愛去告狀的也盡有啊。」

庚：「那也是一種毛病。[34]各個小孩都有各人的頑皮，誰都不會得好。在這之中，少爺們[35]單是頑皮罷了，女孩子尤其是脾氣壞。」

辛：「那也不能這麼說。姑娘們大抵老老實實的，男孩就過於會鬧了。總之是，非得嚴緊一點不可。呵呵呵！」

壬：「真是這樣。看現在的樣子，在小孩的面前，什麼話都不好隨便說的。呵呵呵！」

癸：「要是使人家的孩子受了什麼傷，那是對不起的事情，倒還是輸了回來的好呀。」

子：「對啦，孱頭的孩子沒有麻煩，倒是好的。」

大家說著的時候，一個二十四五歲，像是媳婦的女人，攙扶著七十多歲的瞎眼老太婆，剃光了頭[36]像是婆婆模樣的人的手，從石榴口護送出來。用一隻手扶著後背，顯得小心害怕的樣子。

媳婦：「啊，危險啊，請你慢慢的來吧。」

婆婆：「噯，噯。」在留桶旁邊坐下。

媳婦將留桶的湯攪了一下，試試溫度：「請您略微等一會兒。這湯於您恐怕是太熱了一點。——彌壽，請你這裡稍稍加幾點水吧！」

使女彌壽：「噯，噯！」滔了水來，倒在留桶裡。

媳婦：「還等一忽兒。」把水攪和了之後，「請用吧，冷熱剛好。請你把這澆在身上，隨後上去吧。」

婆婆：「噯，噯。就這麼上去了。今天是你給我很好的擦背，所以很舒服。我上去了，你還是多洗洗好吧。」

媳婦：「不，我也就好了。」

婆婆：「好了麼？不好好的熱透了，後來是要冷的啊。為了照應我去傷了風，那是不行的呀！好了麼？」

媳婦：「噯，好了。——彌壽麼！」——照平常的說話，應該叫彌壽呀，但是這媳婦還沒有丟掉公館裡的話，[37]所以底下加一個麼字，叫作彌壽麼。

使女彌壽也是這媳婦在公館當差時代的使用人，稱作房裡人[38]的，在她出嫁的時節，也跟了過來，所以不叫主人的名字，叫的時候只叫作「您」就是了。

媳婦：「彌壽麼。」

彌壽：「噯！」

媳婦：「你呀，留在後邊，慢慢的洗了再出來吧。我陪了回去，就行了。」

彌壽：「噯，噯。」向著衣櫃的方面，「小勝呀，[39]上來了呀。」

看管著衣服的徒弟：「噯。」把看著的合卷小說塞到懷裡[40]去，——「噯，噯，請這邊來。」拉著瞎眼老太婆的手。

媳婦同樣的拉著手，扶著背脊：「有點危險呀。」

彌壽：「您呀！」聽不見。

彌壽：「您呀！」

媳婦：「噯。」

彌壽：「您的浴衣——」從後邊給她整理好了。——「老太太[41]，慢慢的回去！」

婆婆：「噯，噯。你好好的熱透了來吧。」

彌壽：「噯，噯！[42]您，慢慢的！」也對著媳婦打招呼，自己留下了。

徒弟：「啊，有點兒危險。——奶奶，[43]米糠袋呢？」

媳婦：「那個，彌壽回頭會洗了拿回來的，不要管吧。——喂，若是著了冷那就不行了。趕快給老太太穿上了衣服吧。」給她穿了衣服，拉著手出去了。徒弟在後面，挾著舊浴衣，跟著走去。

選擇女婿的事情，戲曲裡的人物評

留下在後邊的使女彌壽：「奶奶，我給你擦背吧。」

大娘[44]：「噯，多謝！哎呀，彌壽姐，今天早呀！」

彌壽：「噯，我陪著上邊來的，所以今天早一點。在收拾過了消夜[45]再來，心裡老是著急，不能夠安心的來洗澡。」

大娘：「正是呀。你那邊人口多，所以事情也很不少吧。你那邊的老太太眼睛不方便，可是討了一個很好的媳婦[46]，那也是福氣啊。俗語說，鐘也看鐘槌子撞得怎樣，無論怎麼好的人，如果媳婦不好的話，也還是好好的合不來的。孝順公婆，相貌又好，和人家往來也毫無問題，無論什麼方面都是完好的人。真是叫人羡慕的事呀。」

彌壽：「噯。我來稱讚我的主人[47]或者有點不大合適，你知道，她真是性情特別好的人。在公館裡住著的那個時間，她在下房之間都有名，是個大好人嘛。我的性子是有點粗魯疏忽的，可是一直並沒有說過我一言半句。我為此十分感激，心想至少侍候她到結婚為止，可是終於繼續下來，做工直到現在，此後只希望她有了子女，我等到那時再去出嫁到什麼地方去吧。」

大娘：「你這是很好的居心。真是的，你現在也應該打算出嫁了。」

彌壽：「是呀。好的是像我這樣的人，這邊那邊也有人好意給我說親，我想還不算很晚，且來慢慢的看，再決定什麼地方吧。可感謝的事是，主人方面給我預備東西，叫我選擇相當的地方，侍奉婆婆的事我也會幹，只希望有什麼鄉間出來的人，沒有現代習氣的、規矩的男人那裡，是願意去的。」

大娘：「就是那件事嘛。現在是，小白臉不如幹活漢。這樣辦是頂靠得住的。」

彌壽：「俗語說，秘密不說出，事情講不清。我的姐姐是，你知道，她希望男的相貌，所以嫁了一個有點漂亮的男人。可是，你知道，那個人呀，總之水性楊花沒有停止，為此非常辛苦。而且，我想，要是去逛[48]那倒還好了，乃是一個饞嘴的人，專是對

近地的閨女們什麼，胡亂的搞，名譽也很不好呀。」

大娘：「是呀，這是頂大的毛病嘛，逛窯子大概有個限度，所以還好，如果搞家裡人，收買破爛，[49]那是壞東西，很不行的呀。我也是非常的嫌惡的。總之是，不像一個男子漢嘛！若是男子漢的話，花了錢做的買賣，倒也行啊！[50]無論在哪裡，這樣的人可是不少哩！」她設身處地的這麼回答。

彌壽：「正是這樣。看了這種情形，所以我是，不管是怎樣男人，只要誠實、規矩老實的人就好。」

大娘：「你這樣辦吧！千萬不要討漂亮的男人。覺得是漂亮的男人，也只是當時罷了。等到日子過得多了看！每天都沒有好臉，兩方面也都不愉快呀。而且愈是漂亮的男人，也就愈是水性楊花，容易厭倦。這是當然的事情嘛。各方面都搶著拉，自負太過，品行就變壞了。總之，漂亮的男人是，旁邊的人也不讓他有好品行呀。我自己也是女人之中的一個，實在女人這東西，對於男人是很不好的。你看戲文裡做出來的《忠臣藏》[51]吧。原因是怎麼起來的呢？就只為的師直看上了顏世夫人，這才鬧起事來，[52]成了那麼的大事件。小浪也只因看中了力彌，虧得父親本藏肯捨命幫助，這才能夠成了夫婦。[53]俗語說得好，這就說爹媽糊塗[54]嘛。還有，請看那個勘平吧！跟了主人一起來，只因和使女阿輕搞戀愛，在那大事件之中落了空，這也正是戀愛的緣故啊。[55]伴內[56]也是看中了阿輕，總而言之，鬧事的原因都是女人嘛。現在賞識戲子的人也有點彆扭了，比起生旦腳色[57]來，還是大面和副淨受到歡迎。妓女也撇了小白臉，看重醜男人，可見人們也漸漸的搞出新花樣來了。這樣看來，勘平是個不中用的男人呀！如果我是阿輕的話，倒是挑了伴內好些。你說為什麼呢？主人的大事件脫了空，十分狼狽，想要切腹，[58]被阿輕止住了，切腹也不成功。借了女人的智慧，還是一點都不難為情的住在阿輕的家鄉裡。這倒也就算了，把主人賞給的，染出定紋[59]的衣服當作小襖，穿在野獸臭味的身上，出去打野豬和猴子。而且那張皇的定九郎[60]抓住了他的腳之後，那麼的驚慌，這又是什麼呀！是野豬呢，還是人呢，大概也可以知道的。打獵的人把火繩熄滅了，那也是過不了日子的啊！在早已經死了的時候，還要尋找有沒有什麼藥，用槍打死了的東西，藥什麼哪裡還有什麼用呢。想想也就知道了。說什麼抓來看時乃是腰包，天的賞賜頂禮領受，[61]天老爺會得教人，去殺了人取什麼東西的麼？況且那野豬早已走進後臺，正吃著飯的時候了，還說比野豬先來快跑，人的腳無論怎麼快跑，還能夠追得上野豬麼？真是荒唐得很。說到切腹，也是這樣的嘛。總之是慌張狼狽，所以

不行呀。先要安靜下來，查看一下與一兵衛的死屍，是槍打的呢，還是刀刺的，這可以知道，再來說明昨天夜裡的事情，那麼這樣這樣，說當時就報了岳父的仇，打死了定九郎，這不但要受到人家的稱讚，而且那很痛的肚皮不切也就完了。那真是太傻的漢子啊。阿輕呢，也正是阿輕，一點都沒有能耐。對那麼不中用的男人表示愛情，[62]去被賣作妓女，那是可以不必呀。頂可憐的倒是那老太太了。說什麼條紋腰包裡的紋銀，四十九天的五十兩，合起一百兩是一百天，[63]在急忙得要命的時候說了漂亮話，就回去了，拿那五十兩銀子，也吃不到一世啊。與一兵衛是死了，勘平也切了腹。平右衛門雖是參與了報仇回去，也是永久的做浪人嘛。[64]阿輕後來做了尼姑，[65]要養活三口人，四十九天的五十兩什麼，總之是沒有法子去過日子的呀。」

彌壽：「正是這樣，阿輕也會得贖身出來吧，滿期的話，那麼欠債很多，幾乎光著身子出來，也是很為難的吧。」[66]

大娘：「是呀。而且這是急事[67]嘛，但是由良之助是很能幹的，一定是暗地裡給些幫助吧。」

彌壽：「還有阿輕做了妓女，名字也並不改，[68]還是叫作阿輕哩。」

大娘：「可是到做了尼姑之後，大概改了名吧。」

彌壽：「對啦。照你這麼說來，勘平真是一點沒有能耐的男人啊。」

大娘：「伴內還要好一點兒吧。要是我呢，兩個之中是挑選伴內的。這人雖然是壞，可是一個容貌凜然[69]的好男子。第一，是個忠臣嘛！[70]擔心主人的事情，當了狗，混進一力[71]裡邊去。在第三段裡，向若狹之助討好，袒護主人。毫不鬆懈的認真當差，末後為了主人的緣故，終於戰死，死在第十一段戲裡。同勘平去比較，是大忠臣呀。」

彌壽：「是呀。你倒真是記得很清楚啊。」

大娘：「是呀。——因此什麼都是為了女人。那個，什麼琴拷[72]那戲文裡邊，岩永是守住他正當的職守，追問景清的行蹤，重忠卻是辦事不徹，不認真去幹。什麼琴呀，三弦胡琴呀，幹那麼溫和的事情，那麼做去這事怎麼得成呢？岩永所說的話都是對的，這就因為岩永不曾迷戀著女人，所以是正直的，重忠卻是給阿古屋迷得發了昏，你看那聽琴的臉相吧。好像真是口水都要掛下三尺來的樣子哩！什麼事情，女人都是有害的。」

彌壽：「噯，正是呀，呵呵呵！」

大娘：「因為如此，你嫁了丈夫也切不可大意呀！男人這東西是很有點可惡的，都是那麼樣子。」

彌壽：「是麼，阿哈哈哈！可是，我們家的主人，[73]我來說他是美男子，似乎不大合適，但是品行端正，和他的相貌好很不相稱。有什麼大小聚會，他總是頭一個回來，出去送喪什麼也並不順道去玩，總是一直的回到家裡，今天花了茶錢十二文，廟

裡布施七文，這麼計算一下，零用只有三十二文，就濟事了。店裡的人都說是生薑，[74]生薑，——生薑是什麼呢？大概是說誠實吧。可是，在朋友交際上不大圓通，老主人時常給他教訓。說還該像年輕人一點，遊覽看山，也應出去才是。說那麼老是不愛外出，也是不對的嘛。」

大娘：「聽了真叫人羨慕哩。我們家的是喜歡外出，沒有什麼工夫坐下在家裡。我要說一點勸告似的話，他就覺得煩厭，說什麼不吃過奈何街的湯豆腐，[75]是不能懂得世故的啦，說人家擺下飯來這邊道謝，[76]是失禮的啦，說些任意的話走了出去。那些清客呀，從神呀，[77]這些東西最是可惡。主兒心想規規矩矩的過日子，在澡堂子往來的路上，在理髮館的近旁彷徨著，勸他出去逛。最初是上飯館，隨後進一步，便是船呀轎呀的來了。[78]真是的，真是想把你家的主人煎了，給喝一口也好。[79]——呀，談得長久了，連身子乾了也都忘了呀。」拿起留桶來，澆在身上。

彌壽：「我給你去舀來吧。」舀了小桶三桶水，倒在留桶裡邊。

大娘：「這很對不起。我就領受了。——哩，進池裡去吧。」

彌壽：「噯，噯。喂，你請先吧。」進到浴池裡。

大娘和老太婆關於病人的對話

好像在合掌禮拜似的洗著手指尖頭的大娘，和回過頭來用浮石洗著腳後跟的老太婆，正說著話。這老太婆有一個口頭語，老說「的呀，的呀」，又專喜歡訴說辛苦。

老太婆：「大娘，怎麼樣？你們家裡的人都康健麼？」

大娘：「是的。俗語說，有拋撇的神，也有幫忙的神。[80]家裡的死了之後，也還是這麼那麼的，至今在吃著飯哩。」

老太婆：「那是很福氣的。請你聽吧，我們家裡的呀，老頭兒噹的躺倒了，簡直是十死一生。起初像是現今流行的那風癱病的樣子，近來的呀，你知道，慢慢連獨自坐立都不成了，所以拉屎撒尿都要用馬子了。[81]哎呀哎呀，身子都要磨得成粉啦！」

大娘：「啊呀啊呀，那可真正是了不得的大病了呀。」

老太婆：「因此他更是加倍任性，麻煩得要不得。」

這個大娘有一種毛病，喜歡在無聊的地方加上比喻的俗諺：「那麼是，你知道，這說是哭的孩子和地藏，[82]是拗他不過的，所以你就任憑病人怎麼說，照著他做吧。說是一寸延長，也就是延長八尺，[83]耐過了寒天[84]可以好起來吧。人家說生產比起擔心還容易，[85]想不到的快快醫好，也會有的。一寸前頭就是陰暗嘛。[86]這病也就不會得那麼定了的。螞蟻的想頭也通到天上，只要專心的看病，不見得就沒有好陽光來的日子了。總之，請你信仰神佛吧。說是的鰟頭也因了虔心，[87]會有靈驗。請你聽著吧，這樣的事情也是有的。我們的頭兒進出的那人家的主的事呀。正如俗語三歲孩子的心魂直到

一百，[88]從小時候起，任性任意的長大的，到得大了起來，還是瞎蛇什麼都不怕嘛。[89]你想，財產什麼都不管的那麼花用，說是地獄也聽銀子使喚，[90]聽人家的奉承覺得有趣，終於把大家私都用得精光，成了百貫的抵當只是一頂箬帽了。[91]而且在這上邊，又生了壞毛病，真是二進三進[92]都是不行啦。俗語說的好，兄弟是路人的起頭，雖然是有著好些兄弟們，都是馬耳朵上的風，全然音信不通。那麼什麼辦法都沒有，寶貝只是身邊的物事，剩下來的工具一切全都賣了吃藥，賣了吃藥，可是前後三年的長病嘛，你知道那是沒有法子可想了。說是拋棄兒女的樹林子雖是有，拋棄自身的樹林子可是沒有，只有一個女孩子送給了別人，剩下了夫婦兩口子。那媳婦兒雖然也很愛惜吧，可是到底比起背著的小孩來還是抱著的家主公要緊。[93]背脊是換不了肚皮的，[94]只好把小孩給了人，自己幹那沒有做慣的傭工。從前是一出門都坐轎子，跟隨的人帶上五六個，現在卻是拿著馬尾羅[95]去買豆腐，早晚的看病到管吃食，裁縫的餘暇還幹傭工的事。[96]這不是稀鬆平常的事情呀！又是憑了那媳婦兒的誠心，每天早晨去叩拜淺草的觀音菩薩，[97]一年間精進潔齋，這樣辦了——那是可怕的[98]事情啊！那麼樣的大病漸漸的好起來了，近來是完全復了原。所以凡事專心的幹去是很有力量的。你那邊也去虔心信仰，看病著看吧。雖然說是尊貴的寺是從山門起，[99]可是只有醫生卻不是可以貌相的。住在後街的窮大夫之中，也會有很高明的人。把藥紙放在袖底裡，自己帶了藥來，[100]這第一是省事，在窮人也是有利的嘛。去取藥要花費半天工夫，在人手少的人家真是為難極了。」

老太婆：「是呀，大夫現在是第九個了。這回的醫生是，那個，彖右衛門[101]呀，那個人得了風癱，一個時期老是拖著，後來治好了，說是很高明，所以請了來看。只有頭一次，坐了轎子來了，以後是每隔一天，派副手[102]來看罷了。」

大娘：「啊，在大夫那方面，副手也就算了吧，可是在外行的看去，那是不能夠放心呀。」

老太婆：「正是呀，全信託著大夫本人嘛。還有的呀，此外又加上妹子阿糠生病，從公館下來了。兒子呢又是兒子，發了便毒，哼哼的躺在那裡。近時不湊巧生意也是清淡的呀，零用也發生困難，說不上多少，也就是當呀典呀對付著過日子。而且這上邊的呀，阿姐的阿糟[103]又是在那夫家說出來呀回來呀的有了糾紛，家裡弄得個亂七八糟。年紀老了耳朵裡聽不到好事情，真是的，真是的，活得久了出醜也多，[104]大娘，這的確說得不差的呀！對了阿糟，我是這麼說的。嫁了自己所喜歡的男人，所以此後要當心不可再有什麼麻煩，只要能夠這樣就由你去搞好了。不要爹娘給她嫁的那個男人，這是自己弄好的家主公，照道理講不應該再有什麼事情了。總之是自己醒悟得太遲了嘛。大娘，這是準沒錯的呀。」

大娘：「是啊，那孩子是搞得很不好。說是女人聰明了牛怎麼樣，[105]女人伶俐是沒有好處的。」

老太婆：「總之是由於情的可怕，[106]所以有這些事情的呀。真是的，為什麼這樣辛

苦著的呢，想起來全都是為了兒女的緣故嘛。世間的爹娘有了兒女，能夠享福，我這裡正是個大反對呀。這邊也不想要享福，只是想這些辛苦減少一點罷了，此外別無什麼願望。前幾天寺裡的師父來說要建立大般若經，[107]請隨意捐助。我們因為平常對於寺裡的募化不大出，所以也想多捐些子，可是不能如意。而且，你知道，從鄉下來了吃閒飯的人。逐日捐出[108]的錢，每天金毗羅老爺啦，成田老爺啦，江之島啦，大山啦，鹿島會啦，湯花會啦，[109]這個那個的，總要一貫二三百的支出哩。這不是一件輕鬆容易的事情呀。要怎麼樣才得舒服一點呢的呀，大娘？噯，南無阿彌陀佛！」

使女們的對話

這之後，有一個肥胖的使女從石榴口出來，地板上滑了一下，仰天的跌倒了。

甲：「危險呀！喂，跌得很痛吧？」

同伴的使女乙：「咦，危險！開帳了，[110]南無阿彌陀佛！」

使女：「不是說漂亮話的時候呀。啊，好痛！」說著話滿臉通紅的，爬了起來，立即抓住了一個小桶。

乙：「啊呀啊呀，就是跌倒也不白起來，[111]這可不就是說你麼？」

使女：「是呀！這是與眾不同的嘛！」輸了也不服氣的說著，走到舀熱水的那邊去。舀熱水的男人卻是慢慢的在舀那熱湯。

使女：「你快點兒舀吧！日子短得很呀。你道是幾時了，已經是十月中間的十天了嘛！」

舀熱水的：「什麼呀，這麼的不漂亮。來到澡堂裡，滑跌了的這種古風的事情，哪裡會有呀！這不是大姑娘時代[112]的事情哩！」這個舀熱水的倒是很難得的，[113]是個江戶子式的漂亮漢子。

使女：「好的嘛！你別管。還是抽空拿點細沙來，擦擦這地板好吧。好懶惰的！」

舀熱水的：「喳，知道了，奉命！」

使女：「什麼呀，那麼老盤了腳坐著！」

舀熱水的：「那麼，如今盤了腳坐了。我盤了腳坐著，你卻是躺倒了！」

使女：「好吵鬧！」

舀熱水的：「可是，那倒是很好的聲音哩。噹的一下地都震了，是特別的好。因此我在打盹兒也醒過來了。明天在我要渴睡的時節，務必也來一下子。咦，那正是，說的什麼澡堂跌倒渴睡醒嘛。」[114]

使女：「噯，別老說閒話，快點舀好不好。真叫人發急。」拿著小桶走了。——

「阿圓姐，梳了頭了麼？好得很！是你自己梳的麼？」

阿圓：「嗯，不是的。是老闆娘梳的。」

使女：「所以嘛！相貌格外漂亮了！」

阿圓：「這個那個的，哼，真有的說呀。」

使女：「可不是麼。」

阿圓：「喂，你們家的老闆娘可不是梳子[115]也很高妙麼？」

使女：「什麼呀，說些漂亮話兒。什麼梳子呀，該死呀，這種上流話真不成樣子。老老實實的說頭髮吧！我是交關的聽了討厭。因為是在人家做事，說什麼老爺佛爺，什麼正是然則，[116]也是沒法，過著窮日子的人是用不著的呀。至少在來洗澡的時候，可以使用平常的話語，要不然真是受不了啊。」

阿圓：「那麼，你這傢伙那裡的家主婆兒，綰起頭髮來的事情是很高妙吧？」

使女：「喂，高妙是高妙，又怎麼呢？你那裡的主人仔剛才滾到我們家來，同了我們的頭領仔正在灌黃湯哩。一時不見得就會了事，所以交付給家主婆兒去，我獨自跑到澡堂裡去，不知道什麼時候你也已經滾來了。你滾轉那邊去，我給你擦背脊，隨後再給擦我的背脊吧。你又是要給我很痛的擦吧？——啊，氣都回不過來了！咦，真累得很！」[117]

阿圓：「你等著吧，你無論怎麼說擦，可是我的擦澡布[118]掉了，所以拿你的擦澡布

給擦吧。湯熱就對上些涼水去。小心你不要再滑倒了，慢慢的擦去吧！——啊，氣都回不過了！啊，真累了！」

使女：「這樣子，豈不像是在吵架麼？啊，現在覺得清爽了。在家裡那麼的，盡是您這樣，您那樣[119]的一套，真是叫人難受。實在實在討厭透了。」

阿圓：「可不是麼。喂，阿方姐，[120]你的釵子已經接好了麼？」

使女：「嗯，還不呢。喂，剛才你挨了罵，是為什麼呢？」

阿圓：「板上貼漿洗的東西，說把大襟貼歪了，就為的這事。在拆衣服的時候，把肩頭撕破了，還有用熨斗燙得發了亮光，這兩件事情也總是順便都要數說的。」

使女：「我們的家裡是，打破了南京海碗[121]的事情，每回數說的時候是要帶著說起的。真是聽了煩膩得很。老是那麼想不開。數說些廢話，反正打破了的海碗並不會得復原了。我們那裡的惡婆，真是嘮叨數說的本家老祖宗[122]吧。——前幾時三馬做的叫作《早變胸機關》[123]，好玩的繡像書出來了。在那裡邊學婆婆媳婦的說話，正是那個老婆子的樣子。而且，你們和我們的事情，也都寫著在那裡呢。好像什麼事那裡都有哩！說是今年裡頂好的好玩的書，店裡的人大眾都買了一本，各自拿著。你去借來看看吧。好玩得不得了。」

阿圓：「唔，那個麼，看過了，看過了。挨罵的小徒弟立即變成了夥計，媳婦變成了婆婆，而且又是豐國的畫，那畫真是畫得很好。看著的時候就要笑出來。而且價錢

又便宜，新年送人倒是正好，所以我們那裡也買了許多。」

使女：「說著這樣的事情，又要被寫到繡像書裡去，不如早點停止吧。——喂，阿圓姐，你不進去麼？」

阿圓：「唔，進去吧。」跟著進到浴池裡去了。

在這裡口頭告白一聲：媳婦誹謗婆婆，婆婆虐待媳婦，使女誹謗主人，這些事情在叫作《早變胸機關》那小冊子裡記得很詳細，所以在這書裡就省略了。還有些希罕的媳婦婆婆的說白，將來收在三編裡請賜觀看。[124]

乳母和看小孩的爭論

肅靜，肅靜！[125]三十四五歲的乳母把一個四歲左右的梳著唐兒髻[126]的女孩放在留桶裡邊，一面哄著她，給她剃頂搭。[127]旁邊是一個年紀十三四歲的看小孩的女兒。

看小孩的：「奶媽，這之後，也給我的後襟剃一下吧。」

乳母：「哼，哪裡來的話！[128]要剃後襟和臉孔，還不如先去把鬢角上的那禿疤瘌治好了吧！這額角活像是拗掉了嘴的廣島湯罐[129]嘛。說起頭髮，又黃又鬆，像是同油豆腐一起煮過了的樣子。還是別搞那些臭美吧。」

看小孩的：「喂，奶媽，你不剃末，就不剃完了。怎麼那樣的盤貨[130]，也用不著呀！我的頭如果是海帶煮油豆腐的話，那麼你的滿積著膚皮[131]的頭正是鹿角菜拌麻豆腐[132]哩！的確，你這位太太是美得很！」噘出嘴唇來說著。

乳母：「是有點兒不一樣嘛！」

看小孩的：「所以同普通人是有點兒不一樣的嘛！鼻子仰天，在說樓上有些布焦臭哩。牙齒是暴牙，想要去窺看板廊[133]底下。嘴巴老是張著，就是拖著鐵棒，耳朵也總是遠哩遠哩的。」[134]

乳母：「這個鴉頭，你好好的記住了！」

看小孩的：「我不記住怎麼辦？那麼，你為什麼說我的壞話呢？」

乳母：「因為是壞，所以說的是老實話嘛。」

看小孩的：「我也是這樣的呀！」

乳母：「還不服麼？你這嘴強的傢伙！」

看小孩的：「如果我是嘴強，那麼你是屁股強嘍。」

乳母：「什麼，這個蝨子精！」

看小孩的：「這個狐臭精！」

乳母：「我什麼時候有狐臭？」

看小孩的：「我也什麼時候長蝨子了？」

乳母：「你沒有搽鍋屋藥麼，[135]爛眼的傢伙？」

看小孩的：「不是在搽茄子藥麼，猢猻眼兒？」[136]

乳母：「什麼，這個髒鴉頭！」

看小孩的：「哼，愛打扮的奶媽子，不成東西！」

乳母：「又想哭了吧，阿姑？那麼樣的壞傢伙，你別理她好了。阿姑，你靜靜的，是剃著頭哩。」

看小孩的學樣說話：「阿姑，你靜靜的！看那副樣子！——是剃著頭哩！」

乳母：「吵得好討厭！誤人家的事哩。要是理你，人家就要動起肝氣來。真厭煩得很！」

看小孩的：「你的肝氣會得要犯上三年。——阿姑，阿姑，你別靜靜的坐著。搖頭搖頭，搖動你的腦瓜吧！這麼的做，讓你的腦瓜剃得交關痛，奶媽就大大的倒楣了。噯，爽快得快！你還要搖頭動得更快些。」

乳母：「不行呀！腦瓜那麼搖動，頭就剃不好了。好好的剃了，成了一個好姐兒，去讓媽媽稱讚去吧。喂，後邊還有那麼的一剃刀，哦呀，成了好孩子了呀！」

看小孩的：「哦呀，成了一個髒孩子了！」

乳母：「吵得好討厭！這不是成了那麼好的孩子了麼？喂，阿姑，大概今天要帶了上神道老爺[137]那裡去吧。」

女孩：「阿奶，痛！完了算吧。」

乳母：「噯，噯！只有一丁點兒了。哦，哦，這個，這個。毛蟲來聚在一塊兒，現在奶奶正在剃掉毛蟲哩。咦，啊呀啊呀，真是可惡的毛蟲呀！喂，喂，髒得很！噯，骯髒骯髒！啊，啊，還有些毛蟲——」

看小孩的：「阿姑，那是誑話呀！那並不是毛蟲。你說，不成不成吧！」[138]

乳母：「你又來多嘴麼？——那麼老實的讓剃著頭嘛，阿姑，回頭拿什麼當獎賞，舔娃娃呢，還是一律四文的娃娃好呢？」[139]

女孩：「嗯，要番太[140]的。」

看小孩的：「番太的炭結[141]麼？」

女孩：「噯。」

乳母：「阿姑是老實，所以說了噯。什麼，這哪裡會是炭結呢。是在番太那裡看過的騎在達摩肩上的小孩兒吧？[142]當然要買給你的。咦，現在是剃第二遍了，輕輕的只摸一下就好啦。」

女孩：「嘎哩嘎哩的要痛呀！」

乳母：「哪裡會，阿奶給剃是不痛的。喂，好了好了！哎，乾淨得很，成了好孩子了！」

看小孩的：「骯髒得很，成了髒孩子了。阿姑是個髒孩子吧？」

女孩：「嗯，好孩子，不是髒孩子。寶寶是好孩子，愚太官[143]是髒孩子，阿奶，是

不是？」

乳母：「是呀，是呀！」

看小孩的：「不，愚太官是好孩子，阿姑是髒孩子！」

女孩：「唔，不是這麼樣！」

乳母：「又來找麻煩了！真是，真是一刻工夫都不肯不說話的。回家去給告訴太太吧。怎麼辦，你記住了吧！」

看小孩的：「哼，什麼事都沒有。那邊如果是阿姑的奶媽，這邊是看愚太郎阿官的人呀！不是不重要的嘛。是看管傳宗接代的小主人的呀。哎，若是在《先代萩》裡邊，那正是政岡[144]的地位嘛。做起戲來，那是半四郎[145]腳色哩。這是有一點兒不一樣的呀！」

乳母：「啊，吵鬧得很！請來吧，正像是討飯婆子來了的樣子！[146]愚太官雖然是男孩，可是次男，[147]所以是不中用的。阿姑是老大，所以該是嗣子，對不對，阿姑？將來不久，就會有好姑爺到來的。愚太官是髒孩子，所以走出到別處去。」

女孩：「寶寶是好孩子。」

乳母：「噯，噯，自然是好孩子！」

看小孩的：「不，不！——可是，在前幾天裡，老爺同太太在講話，說把愚太定為嗣子吧。」

乳母：「什麼，哪裡會定為嗣子？這個阿姑雖然是女孩，但總是老大，所以不會送到別人家去的。有了那麼的講話也總是不行，我要反對到底不答應的。」

看小孩的：「無論你怎麼的掙扎，咬得動麼？[148]又並不是你的兒女。」

乳母：「是我所餵養大的，所以和我的兒女是一樣的。」

看小孩的：「無論怎麼樣，嗣子是我們的愚太官了。」

乳母：「嗯，不是，那是我們的阿姑！」

看小孩的：「是愚太官！」

乳母：「是阿姑！」

看小孩的：「是愚太官，愚太官，愚太官，愚太官，愚太官！愚太官，愚太官，愚太官，愚太官！」

乳母：「是阿姑，阿姑，阿姑，阿姑，阿姑！阿姑，阿姑，阿姑，阿姑！」

看小孩的：「可惡的奶媽！打她幾下吧！這麼，這麼，這麼，這麼！」裝作打的樣子。

女孩：「打阿奶不行！」拉長了聲音。

乳母：「你看吧，終於弄哭了！——哦，哦，請你饒恕了吧，饒恕了吧。那真是可惡的傢伙呀？」給小孩吃奶，把她哄住了。

關於舊衣服和簪的事情

在石榴口外邊一個塌了鼻子孔的中年女人，[149]在絞著手巾。

阿瘡：「阿疾姐，[150]你快點上來吧。我雖然是已經晚了，但是為了你，我還是可以奉陪的。」

阿疾：「多謝了。那麼我同你一起上來吧。——喂，前幾時的那釵子怎麼樣了？」

阿瘡：「是那京式的麼？」

阿疾：「嗯，是京式的呀。」

阿瘡：「買了。」

阿疾：「買了麼？」

阿瘡：「嗯。」

阿疾：「我的那個，方棱琴柱的那個，有點過時了，我想把它來改打了呢。」

阿瘡：「那麼辦好吧。不要那方棱琴柱，照我那樣改用古式的，做成蔓草花樣的細

雕刻好了。」

阿疾：「唔，我就那麼做吧。近來說是帶著捆猴兒的插簪[151]很是時興哩。我也並不知道，是聽貨郎擔[152]的那個咭哩呱啦的傢伙說的。」

阿瘡：「那傢伙盡說些奉承話，一點都靠不住。還有，到你那邊去的，那竹馬擔[153]要是走過的話，請你來叫我一聲。」

阿疾：「竹馬擔麼？那個賣零剪的是沒有預備著什麼像樣的東西的。昨天的確是走過了。傍晚時候我留心等著好了。你買些什麼？」

阿瘡：「只要有半身[154]的材料，可以做成一件妖精衣服[155]來，這是我的漂亮想頭呀。還有，想補充坎肩的肩胛部分，看有什麼粗織條紋布，買一點也好。」

阿疾：「這樣的物事會得有的吧。因為是很寒磣的賣零剪的，價錢倒還適當，就是貨色少呀。前幾時看見過，有甚三紅綢材料的過時貨，[156]是個全身，討價說是兩銖搭四百，[157]還他價錢還可讓去些。如果價講好了的話，我們來分它個半身吧。」

阿瘡：「哼，那是好的。三件頭[158]如果不是亮眼的買，回頭就會不中用的。」

阿疾：「是啊。前些日子拆開布袍的裡子，什麼地方手一碰著，就都要破了。光只穿了一個冬天，那麼樣真是要不得。而且，這還是去年裡買的三件頭呀。還有平常穿的衣服的裾沿，用秩父絹[159]是老要磨破，今年改用了繭綢，[160]很是結實，好得多了。你那裡的香八[161]老闆，也給他這樣做了穿著好吧。」

阿瘡：「這麼辦一定是很好吧。」

阿疾：「喂，阿瘡姐，這是別的事情，因為剛才說到釵子，想了起來了。因為什麼都是古時的式樣流行著，所以簪子不久也會得流行起古時的式樣來的吧，貨郎擔這麼說，拿樣子給我看來。這個，我且來畫出來看，不能畫得好，只是樣式罷了。」在地板乾燥的地方，手指蘸了小桶的水，用指尖畫了出來。[162]

阿疾：「你看這個，正是這個模樣。很是奇妙吧。更長些、大些的也還有。這是玳瑁的。這裡有那斑斑點點的東西哩。」

阿瘡：「哎呀，哎呀！這是怎麼的？這才真是古式的簪子哩。哎呀，哎呀，這怪得很呀。」（圖一）

阿疾：「還有這個模樣的呢。這麼，這樣，這樣，這麼一來。奇妙吧？正像是篦子的樣子。」（圖二）

阿瘡：「是這個麼？我倒以為這是彈三弦的撥子呢。哦呵呵呵呵！」

阿疾：「還有這樣的，這樣的，說是有。說鄉下的老太婆們所戴的。」（圖三）

阿瘡：「真是的，是古風的東西。新式的花樣用完了，就又回到古時去，不久這樣的簪子會很時興的吧。」

阿疾：「阿哈哈哈！」笑著一面用手指畫來畫去，把這些都塗抹掉了。

圖一

圖二

圖三

關於祝賀的談話

這時候一個傲慢自大的大娘，梳著時興的變樣島田髻，抱著浴衣，走了進來，向著二人開腔。

傲慢：「哎呀哎呀，你們來了麼？很是安靜呀。」

二人：「這幾天沒有見到您，您身體好麼？」

傲慢：「是呀，不知怎的種種喜事重疊的來，你且聽聽吧。那個大隱居[163]的夫婦，一個是一百零五歲，一個一百零三歲了，要從頭的慶祝。」

二人：「這是恭喜的事情。」[164]

傲慢：「這之後，中隱居做八十八歲的米壽。」[165]

二人：「這是恭喜的事情。」

傲慢：「這之後，你且聽聽，其次的隱居七十歲。」

二人：「那是恭喜。」

傲慢：「他的太太是六十一歲的花甲重逢。」

二人：「重重的恭喜的事。」

傲慢：「他的妹妹的六十歲壽辰。」

二人：「真是恭喜。」

傲慢：「我家裡人的五十歲壽辰。」

二人：「真是恭喜。」[166]

傲慢：「當頭孫子的七歲祝賀。」

二人：「哎，這真是恭喜。」

傲慢：「第二個孫子的五歲祝賀。」

二人：「真是，真是恭喜的事。」

傲慢：「小孫子的三歲祝賀。」

二人：「真是，這又是恭喜的事。」

傲慢：「重重疊疊的喜慶事情，現在來拍著板唱一下子吧。」

二人：「這個且來拍著板，唱一下子吧。」

傲慢：「留髮，著袴，解帶子，冠禮，娶妻，嫁女婿，還有添兒女！」[167]

二人：「恭喜，恭喜，真是恭喜，而且，咦，又是亂來的恭喜！」

傲慢：「七珍萬寶，結實裝滿的庫藏，數目是十千萬所！」

二人：「真是恭喜，結實裝滿的恭喜，數目是十千的恭喜，嘴裡說不盡的恭喜，在恭喜的春天初開笑口的當兒，表示恭喜的意思。」[168]

注釋：

1「大娘」係借用南方方言意譯，原語係指一般中流及以下的人妻，也可以用於對稱。此語本來也可譯為普通通用的「太太」，南方民間稱出嫁的女人為「太太們」（並非太太的多數稱），便是一證，但因易於誤解，所以改用別的譯語了。

2醃小菜大抵是用蘿蔔黃瓜醃製，一般是放在糠味噌裡邊，這或可譯作糠糟，乃是用米糠和水加鹽，以醃各種瓜菜。舊稱這種小菜為香物，雖然本無香料，俗語或轉為「香香」，上加御字。

3這裡說阿泥是妓女出身，俗語說「泥水生意」，名字也含有此種意義。江戶舊例，吉原妓女使用一種言語，與江戶方言稍有不同，但這裡所指並不是這個，只是語音小有差異而已。

4這裡敘說有點纏夾，大概以下係男人所說，雖當初要添買酒來，後來生氣，故說話相反。

5「阿咧」係意譯，原語云obeso，係指小兒咧嘴欲哭，本文說她哇哇的哭，所以使用這個名字。

6湯罐實在是熱水壺，擱在爐上，專供燒開水用，大抵是圓形或扁圓形的。茶爐只是木箱裝灰，中置炭火，有鐵架上放湯罐，不是正式的爐子。

7蛸字係原文如此，義云章魚，北京稱八腳魚，因有很大的吸力，舊時日本以稱女人。中國無適當譯語可用當人名，姑從原本，據《爾雅翼》亦可作魚名，雖然所指乃是別一種烏賊。

8原文直譯意云，也是有蟲子的，這蟲子是指心胸裡的一物，這裡可解作心或魂靈，如云蟲子不答應，即是說心中不許可。這蟲子的由來，可能與中國古時道士派所說的「三屍蟲」有關。

9參看二編卷上注141。

10意思是說能說能做，這本是成語。中國俗語說，有幾張嘴也說不清，意思略有關係。

11「太太」原文云「山神」，係人妻的別稱，意含詼諧，有可怕的意味在內。此字起源未詳，一說人妻通稱（如上文注1所說）可以寫作「御神樣」，由此衍化而出，又山神例係女性，故有是稱。所謂劫係用佛教語，即是說歲月，民間相信各物多經年月，能成精怪，這裡即是說在太太們中多有經驗，成了精的了。

12「泥水」見上文注3。藝妓娼妓歌業，均稱為洗腳，意思即是說離開汙泥了。或云此與「青泥蓮花」的故典有關，恐涉牽強。

13 日本屋內墊著草席，打掃時所用有別一種掃帚，棕櫚皮所製，柄用竹竿，故可用以打人。

14 「烏青」係借用方言，即醫生所謂內出血，因毆打磕碰，表皮不破，現出青黑傷痕者。

15 原文云「亭主」，源出佛經，意云旅亭之主，轉用於家主，後來專指丈夫，通用於中流以下的社會。中國南北方言雖有掌櫃與老闆之稱，不大適宜於商界以外，今借用「當家人」一語，似尚可通。

16 中國諺語也說「燈臺不自照」，乃是諷刺一個人不知道自己的缺點，這裡阿舌有點用得不恰當，意思彷彿正是相反，因為她的本意是說家裡吃虧沒有辦法。第二句日本諺語的意思多少相合，因為這是說總是家裡好，即使是把鍋子當銅盆使用也罷。

17 「心地」係意譯，原文直譯當云「魂靈」。

18 大津繪係古時大津地方所出產的一種民間繪畫，用單純的顏色，拙樸的筆法，畫出各種圖像，賣給當時過路的人。壽星在日本稱「福祿壽」，照例畫作頭頂很長的老人，表示長壽的象徵，大津繪中特別畫得滑稽，壽星正在剃頭，因為太長，剃髮匠架起梯子來，站在上邊給他剃著。這裡說壽星，特別涉及大津繪，即是為此。

19 「罪過」借用佛教語，壽星雖然不是什麼大神道，但這麼的說總覺得有點不敬，所以也是罪過。

20 本來可云老狐狸，在日本卻是狐狸有分別，大概狐高而狸低吧，這裡也就依照原意了。

21 指南針裡的針指著一定方向，無論怎麼搖動，總還是方向不變，這裡是比喻總是躺在那裡，正像那磁針一樣。「一百文買的馬」意思說本來不是良馬。

22 意思是說不肯動一動手，把豎的東西放倒，與把橫的東西豎直一樣，只是拿動什麼東西而已。

23 「果報」原文如此，今故承用，意云禍福。這本是定命論的說法，因果報應悉由天意，人力無可如何，只可靜靜的等它到來，這裡卻引伸為好運自然會來，不必著急，專當作好的一方面解釋了。

24 原文說「毫不在乎」與「都不理會」等處，均使用俗語，即將文句變作擬人句，表示詼諧，譯語無法保留，只好都意譯改作普通說話了。

25 原文云「蔭辨慶」，意思說一個人背地裡特別在家裡很是剛強，一出至外邊便懦弱不中用。辨慶係

戲劇中勇猛的人物，參看前編卷下注91。

26這大概是一句俗諺，說泥垢出在身上，也與本人有關，不可輕視，乃是極端個人主義的說法。

27黃色的聲音是尖銳的高音，白色的據三田村氏說乃是沒有板的。在前編卷上第一段中有此語，即依據此說譯為「脫板的」，但此處因為下文有「五色」云云，所以保留了原語了。

28《積戀雪關扉》係常磐津調的淨琉璃的一種，至今流行，通稱「關扉」（seki no to），與「款冬心」（fuki no tô）讀音相近，所以這裡連帶說及。劇中說良岑宗貞與女歌人小野小町在相逢坂關門相見，關官乃是大伴黑主。這三人都是古代有名的歌人，宗貞後來出家，稱僧正遍昭，與小町及黑主，均列名於六歌仙。

29罵唱歌的是病人，比作發瘧疾，所謂「發作」便是說瘧疾定期的出現，即每日，隔日，或間隔兩日，俗稱「四日兩頭」，或三陰瘧，最為嚴重。

30「石榴口」見前編卷上注31。

31鐵棒是舊時查夜的人所拿的一種器具，大概模彷佛教的錫杖，在棒頭裝有五六個鐵圈，拖在地上時鐵圈琅琅發聲，用以警戒行人。後來俗語轉用於好說閒話的人，往往把小事說得很大，或倒亂是非。

32此句直譯，意思說不管人家的事。

33兼房是舊時工人的名字，創始用黑茶色染出細碎的花紋，盛行一時，便以兼房為名。這裡是形容老人臉上的皺紋，柿漆紙比喻臉色。

34原文云「癖」，平常可說是脾氣，但這裡含有壞脾氣的意味，所以改譯了。

35原文是對男孩的敬語，今譯作北京的方言，這與普通所謂少爺稍有不同，大概只是較為客氣的名稱，北京人常稱自家的子女為少爺姑娘，貶稱則云小子與鴉頭。

36日本人信奉佛教，舊時老人多剃髮，不問男女，但雖云出家，卻仍住家中，服裝也不改變。

37女孩在公館當差，參看二編卷上注92。在那裡使用一種宮廷式的語言，大抵除字面優雅外，特別是助詞敬語，譯文中無法保存。

38公館裡當差的上級是「上房使女」（奥女中），她們各有房間，也還有人供使令，這便稱作「房裡人」（部屋方），意云使女房間的傭人。

39徒弟名叫作「勝」，原文下加一殿字，寫作勝殿。這殿字平常也寫在人名下，讀法稍有變化，作為敬稱，但在這裡乃是相反，用於下屬，與「小勝」多少相近。這一家帶著徒弟出來，表示是一個大商家。

40日本和服係斜領，腰間繫帶，因此懷中可以存放好些物事。

41原文云「御隱居樣」，參看前編卷上注65。

42原文中回答的話約有三樣，意味不全相同，譯文只好混寫作「噯」了。如少女口中的ê，中國有音無字，寫作「呃」，不大好看，譯「噯」還可以適用。別一種曰ai，音可作唉而並非嘆氣，故不能用。又一種hai，更為鄭重，譯為「是」往往語氣難相合，譯作「喳」則只宜於僕役，所以凡是女人所說這些答詞，一律都寫作「噯」了。

43原文云「御新造樣」，乃是從船隻轉變出來的用語，最初是指新婦，後來通稱於中流人家，意義略等於俗稱少奶奶。

44「大娘」原文云「女房」，係指人妻，北京俗語「媳婦兒」意正相當，因恐與上文媳婦相混，故從改譯。

45這與晚飯不同，據三田村氏說，大概在晚間八九時所吃，與上海所謂消夜相近。

46原文云「沒有什麼說得的」，即是沒有缺點，今改譯為正面的說法。

47「我的主人」是指彌壽的舊女主人，即上文中的媳婦，原文係用男性字，蓋因公館中習慣如此。至云「我們的主人」，則是說少主人。

48原文係遊玩字，通常解作狎妓，與中國說逛窯子的逛正是相同。

49日本俗語「收買破爛」，係指濫淫者，不問對手上下好壞，一味胡搞的男子。

50日本自德川時代以來，各都市大都設有公娼，稱為遊里，因此養成一種風俗，覺得男子狎妓不算什麼，只不要破家亡身便好。這上邊又加上男尊女卑的封建道德，所以便是女人也多少接受這種思想，沿至現代也還未能改正。

51《忠臣藏》全名為《假名手本忠臣藏》，意思是說眾多忠臣的庫房，可以為人模範，舊時書塾中習字使用範本（手本），上寫字母（假名）四十八字，加在題目又以影射四十七人的義士。本係竹田出雲等所編，為淨琉璃的義太夫調，也用於歌舞伎，至今流行，為世間所歡迎，號稱戲曲上的獨參湯云。

52 參看前編卷上注17、18。高師直與鹽屋（亦作鹽冶）高貞係歷史上實有的人物，十四世紀日本南北朝之戰，師直為北朝將軍足利尊氏的部屬，破楠正成，殺鹽屋，曾建大功，而驕奢淫逸，終以敗亡。《忠臣藏》所演卻是別的報仇事實，只是假借古人的名義而已。這本事乃是所謂赤穗義士四十七人給主君復仇，同時賜死，是轟動一時的大事件。元祿十四年（一七〇一）三月，赤穗城主淺野良矩與別一諸侯吉良義央爭論，在殿上將吉良斬傷，因此賜死除封，淺野的家臣大石良雄等蓄意報復，至次年十二月才得成功，攻入吉良公館，把他殺了，這四十七名武士因為犯了國法，悉被命切腹自盡，但是在封建道德上強調主從君臣的關係，所以社會上又加以表揚，在日本戰敗之前芝區泉岳寺四十七士的墓前香花不絕，《忠臣藏》的故事歌曲也長在人口的。

53 四十七士的領袖大石良雄，《忠臣藏》中化名為大星由良之助，他的兒子力彌與加古川本藏的女兒小浪訂婚。本藏係桃井若狹之助的家臣，當鹽屋砍傷師直的時候為他所抱住，以此為由良之助所恨，主張毀約，本藏乃化裝乞食僧，故意讓力彌刺傷，並手贈師直公館地圖，以便報仇，婚事乃得復成。

54 這是舊時諺語，謂父母對於子女一味愛護，了無辨別，有似癡呆。

55 早野勘平是鹽屋家的一個家臣，阿輕是同家的一個使女，互相戀愛，結為夫婦，鹽屋敗亡後遁居阿輕的鄉里。因為報仇需用，阿輕情願賣身為妓，由其父與一兵衛攜回身價銀一百兩，途中為師直惡黨斧九太夫的兒子定九郎所殺，將銀子奪去。不意又與勘平碰著，被認為野豬，用槍打死。但勘平卻復誤會，以為是他自己打死了岳父與一兵衛，因而引咎切腹自殺了。

56 鷺阪伴內是師直的家臣，因為師直是惡人，戲中扮作大面，伴內是他一黨，所以也是滑稽的腳色，略與副淨相當。他也戀慕著阿輕，一貫地盡忠於主家，也顯得頗有本領。

57 「生旦腳色」原文云「濡事師」，謂專演男女情事的戲角，此類情節稱為濕事。

58 日本舊制武士以上犯罪，例當賜死，即切腹自盡，其罪重者始處斬。這是一種野蠻凶殘的習慣，直到十九世紀後半，明治維新後始廢止。

59舊時日本中流以上各家均有定紋，即是一家一族通用的徽章，大抵圈中畫成種種圖樣，以植物為多，用具次之，動物極少。這描在器具衣飾上邊，以做標幟，近代只通用於禮服上，有三個紋五個紋之別，施於兩袖上側及背心，又於左右襟各著一個，則由三紋而變為五紋了。

60定九郎見上文注55。定九郎將與一兵衛刺死，奪去銀子，所以下文稱為勘平岳父的仇人。

61這兩句當是勘平所說的原文。舊時習慣凡接受上頭賞賜，或稍微珍貴的物事，受者照例低頭，將贈物雙手高舉，做出要去頂在頭上的樣子。至今婦女小孩的語言裡還說接受為「頂戴」，一般敬語也說作「戴」，還是這作法的遺風。

62根據封建道德的三綱，為了君父的緣故，婦女把自己的性命和貞操都該犧牲，這裡阿輕因此助成勘平對於主君的忠義，所以也算是盡了情誼了。一般說來，女人表示衷情只是自殺，或是雙雙殉情，舊時即稱為「心中立」（意思即是表示心中），本文中說阿輕好像專為了勘平去賣身，那是與事情不合的。

63條紋腰包以下係是戲曲原文。上邊說有條紋的布所做的腰包，原文連說下去直譯是條紋的黃金，但黃金不好說有紋，而且論理一百兩也應當是銀子，恰好有紋銀這句話，所以改譯了。四十九天係民間俗信，根據佛教的話，人死後七七四十九天的期間，魂靈在中陰逗留，未能徑入陰間，所以須得家屬給與供養。這裡說兩個四十九天，是指與一兵衛與勘平兩人的七七供養。

64平右衛門是與一兵衛的兒子，參與報仇的事。據赤穗四十七士的事實，參與的人無幸免者，這裡說平右衛門回去做了浪人，或者因為是桃井家的家臣的緣故吧。

65阿輕做了尼姑，戲曲中未見說明，據出口氏注，大概只是依據情節，推測出來的吧。

66日本妓女期限，通稱「苦海十年」，這才算是滿期，可以自由，贖身自是例外。赤穗事件前後不過兩年，離滿期還遠得很，這裡只是閒人閒談，不能認真，如下文改名字一節，亦是一例。

67這「急事」係直譯原文，意思不甚可解。

68日本舊例，凡妓女均不用本名，改用別名，稱「源氏名」，有如《源氏物語》中所出現的人名。據所見天保十年（一八三九）刊《吉原細見》中所載，例如薄雲、誰袖、濃紫、春日野之類。

69這裡說「容貌凜然」，當是依據戲臺上所表現，或是見於戲文畫的吧。

70在本編出版後的第二年，三馬刊行一冊戲評，名叫《忠臣藏偏癡氣論》，末四字可以譯作「怪論」吧，發表他特別的人物評，與這裡所說大概相同。作者對劇中人物悉加批評，唯稱讚伴內一人，據出口氏注所引，有云：「嗚呼，忠臣鷺阪氏，泥中之蓮，沙中之金，唐土之豫讓，本朝之伴內，和漢兩朝唯有二人而已。」

71出口氏注云，一力係影射京都祇園的萬屋茶室，萬字寫作万，再拆作兩字，彷彿是一力了。

72「琴拷」是戲曲《檀浦兜軍記》中的一齣，敘源平兩家爭權，平家敗亡後，遺臣平景清蓄謀行刺源家首領賴朝，遍找不獲。源家官吏知道景清有所愛妓阿古屋，便去捕她前來，查問景清的行蹤。岩永主張用刑嚴訊，重忠卻不贊成，只叫她來對官演奏三曲，使用琴和三弦以及胡琴，試探她說話的虛實。結果她泰然自若的奏樂，便表明她所說非假，得以放免。論理是重忠岩永一好一壞，是非顯然，但這裡作者也照樣要發彆扭的怪論，與《忠臣藏》的批評是一致的。

73這裡是指現在的少主人，即上文所說那媳婦的丈夫。

74日本俗語稱守財奴為生薑，據說因為他一手抓緊了錢，樣子與生薑相像的緣故。

75「奈何街」原文云「奈何之町」，係指新吉原的仲町，音讀相通，那裡多有「引手茶屋」，直譯可云拉縴的茶室，舊時狎客與妓女在此相會，早上由妓館回到茶室，吃過早餐，再回家去。湯豆腐係用上製豆腐，在白湯內煮，燉在火上，蘸作料醬油來吃，是很清淡的食料。這裡意思即是說不玩過吉原，不能理會人情世故。

76日本俗語「擺飯」原意吃現成飯，白占便宜，後來引伸用於男女關係，專指女人主動來勾引男人，至有「擺飯不吃是男子漢的恥辱」的諺語。

77「從神」也即是幫閒，因為他們跟著財主大少，好像是從神們侍候著大神一般。

78江戶住民往吉原有兩條路，一是經過淺草觀音前面，坐轎子去，二是乘小船通過山谷崛，至日本堤下。

79日本俗語，如說一個人懶惰，便舉出勤勉的人來，說想把他的指甲煎一點給喝了才好。

80這是一句俗諺，說禍福不常，看著為人所拋棄，同時也會有人加以援助。

81日本家中略如中國北方，均附設廁所，用蹲坑，只有小孩和病入才用類似馬桶的便器。

82俗諺原語係「哭的孩子和地頭」，女人因音近訛為地藏。「地頭」是古時的鄉官，地位略如保長，而權力極大，故云。

83這與以下好些同類句子均是俗諺，「八尺」原文作「一尋」。

84日本舊俗極看重寒天，這並非泛指，乃是說陰曆上的小寒大寒，此三十日間稱為寒中。民間信仰多有寒中修行，運動員有寒中練習等，這裡是說氣候與疾病的影響關係。

85這俗諺說婦女生產，事前擔心感覺危難，但事實上並不如此。

86這是佛教思想的諺語，說人生無常，這裡卻用得不恰當，因為這句話平常總是用在消極方面的。

87鰟是南方河中常見的小魚，也可以食用，但極不值錢。原文寫作鯷字，古義訓作大鯰魚，其重千斤，顯然不合用，因為日本借用作沙丁魚解，現今中國雖已通用沙丁魚的名稱，但究係外文譯音，也不適用，所以意譯改寫了。

88俗諺原語云「三歲孩子的魂」，謂一個人從小到老，不會得改變。

89俗語一作「瞎子不怕蛇」，似更合理。

90與「有錢使得鬼推磨」的俗諺意思相同。

91出口氏注云，原意是說借給別人一百貫，只有一頂箬帽做抵押，所出多而所入少，這裡用的意思不一樣，乃是說一百貫的錢只剩下箬帽而已。

92出口氏注云，此係算盤上用語。這裡說經濟困難，無論怎麼盤算，都沒有辦法。

93俗諺云，背著的小孩還不如抱著的小孩，意思就是說愛憐小兒女，因為年歲較大的背在背上。這裡經說話的人改編過了。「家主公」係借用江南俗語，原文云「亭主」，出口氏注云，亭主者旅亭之主，《楞嚴經》云掌亭人名為亭主，俗乃以稱家主，後又稱丈夫為亭主。這名稱現今仍通用於中流以下，與「家主公」的意味與使用範圍大致相合。

94因為肚腹是緊要地方，所以不能同背脊掉換，這俗語的本意是說「害之中取小」。

95原文云「味噌漉」，因為日本家庭用以濾味噌醬汁，係一種小篩，上用羅圈，以馬尾編網做底，亦可作小笸籮用，拿了去盛豆腐之類的東西。

96原文「人家的事」，即是傭雇工作。但如本文所說，看病餘暇既已用於裁縫，那麼別的傭工也就不大可能，或者是指洗濯等事吧。

97淺草地方的觀音寺本名金龍山淺草寺，係七世紀中有漁人從水中網起觀音的金像，高只有一寸八分，卻甚見崇信，成為江戶最大最有名的寺觀。

98這「可怕的」字裡含有尊敬感嘆的意思，與文言「可畏」多少更相近。

99本意說寺如尊貴，寺門也就考究華麗，即從外觀也可以知道。

100日本舊時均用中醫方，通稱漢法醫，一般醫生均自備藥材，配藥賣給病人。醫生生意興隆，病人家去取藥，往往要等候很久的時間，諷刺詩川柳中有云，睡著的是那第一個取藥的人，可知一斑。其次是醫生隨帶藥箱，在病家開方，即按方配藥，大抵由一個助手給他背藥箱前去，這裡所說卻又特別簡單，似乎連藥箱也是大夫自己背來的了。

101豕右衛門即是前編卷上所說的癱子豚七，這可以說是本名，豚七乃是通稱。

102原文云「代脈」，亦稱代診，本是在跟著醫生學習的書生，往往出來代理診察，不為病家所歡迎，那正是很當然的。

103「阿糟」原文寫作「阿粕」，雖然其訓讀原與糟字一樣，阿糟阿糠都是老太婆的女兒。

104這句話原本出於《莊子》，堯回答華封人的三祝，說壽則多辱。日本經兼好法師在《徒然草》上引用，流行得很普遍，所以連老太婆也都知道了。

105諺語全文云，女人聰明了，牛賣不成功。這大概原來有一件故事，今不可考了。

106這裡譯文係將kowai一字，解作甲義「可怕」，雖然文句不大順遂，與下文「都是為了兒女」相應，也可解釋得過去。三田村氏注則將此字解作乙義「強硬」，說是強情即執拗，那是在指著阿糟一方面說了。

107建立大般若經，參看二編卷上注87。

108捐助的錢不是一總付給，卻是每日來收取，各付若干文。

109金毗羅見前編卷上注51。成田老爺指千葉成田町神護新勝寺裡的不動明王，這是佛教密宗裡的神，說是大日如來為了制服惡魔而現出的憤怒相，在日本甚見崇信，通稱不動尊。大山在神奈川縣，亦稱雨降山，有神社崇祀大山祇神，是日本的神道，通稱石尊。江之島祀辨才天，參看二編卷上注134。

鹿島有鹿島神宮，崇祀日本的神道，奉為軍神。湯花會據三田村氏說，乃捐助資財，以供茶湯與香花的一種總會。出口氏別有解說，但結局弄得與鹿島會混雜不清，所以用了三田村氏說，雖然或者也未必確實。

110 日本寺院除佛教巨像外，大抵安置龕內，外垂帳幕，不能看見，每年有一定期日，始開帳幾天，任人觀覽禮拜。俗語轉用，如婦女蹲踞洗濯，或小孩遊玩，衣裾散開，露出前面，亦稱為御開帳。

111 中國俗諺有「跌倒就坐坐」之語，這裡卻是說敏捷，愛占便宜的人，跌倒了也就趁便得到什麼，才肯起來。日本又稱藝妓賣身為跌倒，這裡也或者含有相關的意味，川柳有句云：跌倒了撿到金二步的好孩子。金二步即是半兩銀子。

112 「大姑娘」原文云「乙姬」，日本民間故事中有浦島太郎到龍宮的傳說，這乃是龍王女兒的名字，所以這裡是說上古時代，與古風相應。出口氏注引山中翁說，江戶兒歌有云：伊滴克，伊搭克，太夫老闆啊，乙姬小姐在澡堂裡被擠住，聽她的哭聲道，清清摩伽摩伽，哦削里科削里科。可見乙姬與澡堂有關係，所以舀熱水的人這麼的說。小孩遊玩，彎起一腳，只用一腳跳走，稱為清清摩伽摩伽，其他有音無義的詞句不能悉詳。

113 出口氏注云，普通澡堂所用的雇工多是北方的越中人，現今東京澡堂的主人亦仍以越中人為多。北地鄉間人照例比較遲重，這人卻能說會道，近似江戶子，所以說是希罕難得。

114 日本俗語云七轉八起，即跌倒七回，爬起八回，初謂人生升沉無定，後來說是抗爭不屈。這裡利用發音近似，說成「湯屋轉寢起」，也是當時江戶子所愛玩的一種把戲。

115 出口氏注云，舊時稱髮為梳，因對於貴人的頭髮不便直說，所以間接指髮梳為代，乃是古代封建遺風，在舊式人家仍在襲用。

116 江戶時代武士以上階級用語與平民不盡相同，在對稱敬語，名物稱呼之外，也還多有，如是曰正是，那麼曰然則，皆是。

117 這裡上下兩節對話，原文全用市井俗語，特別除動詞本身外，一一使用「反敬語」的助詞部分，除來去可用「滾」，喝酒可用「灌」外，譯文無法表現，只好仍寫作平常口氣了。因為特地要這些說，說了一大串，所以末後氣息不屬，覺得很累了。

118 擦澡布以前多用羽毛紗小片，包在手巾一角的上邊，蘸水擦身，善能起垢，勝於海綿。

119 原文「這樣，那樣」都下連動詞，而這動詞係專用敬語「使遊」（asobasé）一字，平常可以替代「為」字，亦並加在別的動詞底下，表示尊敬，實在卻是麻煩討厭得很，例如散步，說成「御散步使遊」，想起來是無意義得很可笑的。

120 這裡阿圓叫出她的名字來，原文云「阿貝卡」，沒有適宜的字可譯，姑與阿圓相對，意譯為阿方。

121 海碗係比飯碗更大的陶器，因為當時係從中國方面輸入，故稱為南京海碗。

122 原文「本家」，用於家族上是大宗這一支派，用於商家則是起首老店，這裡大概兼用這些意思。

123 《早變胸機關》中本三冊，文化七年（一八一〇）出版，也是三馬的一種重要著作。

124 作者在書中出面說話，是古時小說的一種手法，這裡更利用了直接做廣告，那是三馬的特點，後來別處還宣傳他所發賣的藥品，更是進了一步了。作者雖然預告本書三編的內容，可是才隔了一年三編出版，所說媳婦婆婆的說白卻並沒有，大概在寫作的時候已經把廣告說過的話忘記掉了。

125 參看前編卷下注63。這裡並無什麼特別用處，只是模仿戲臺的開場，說起話來而已。

126 唐兒即是說中國小孩，這是舊時小女孩所梳的髮髻，頂上做雙環。

127 日本在維新前男人均剃去前額及頭頂一部分頭髮，小兒則剃去四周，女孩亦然，只留上頭，亦可以綰髻。

128 原語說是「太是出奇」，叫人聽了驚異得發呆，今意譯了別的一句話。

129 出口氏注云，廣島出品，用黃銅所製的開水壺，上面多雕出雲龍模樣。

130 「盤貨」原指商家在某一期日，將店中存貨盤查一過，引伸作為列舉別人缺點，有如將架上擱著的貨物，一一拿下來報名，所以原語意云「卸架」。

131 這是頭上的皮屑，浮在頭髮中間，與一般頭垢不同，日本舊用漢字「雲脂」，似係中國傳去的別名，似無可查考。

132 鹿角菜日本相沿用漢名鼠尾藻，係一種可供食用的藻類，色黑，枝幹歧出，故名。麻豆腐與北京用綠豆滓所製者不同，乃是豆腐中和以白芝麻，日本名為白和。

133日本房屋蓋是南洋系統，地板離地面頗高，大抵有一尺許，特別在簷前廊闊二三尺，下有空隙甚多，因板廊稱「緣」，故此名「緣下」。在中國無此類構造，亦遂無近似的名稱，如日本俗語謂出力無人見為「緣下用力」，在中西房屋中均無例可引。

134拖鐵棒見上文注31。查夜人兼管火警，如遇市中有火燭，便報告住民，說明遠近，如距離遠則云遠哩遠哩。這裡上句說她到處多嘴，說人是非，是拖鐵棒的本義，下句又利用遠哩的話，說她耳朵不靈，因為日本語說耳朵遠意思即是說有點聾了。

135鍋屋藥普通稱為鍋屋帶，亦稱蝨子帶，鍋屋蓋是藥店的字號，在布條上塗上一層灰黑色的藥，係在身上可以辟蝨子云。本文說搽，因為不說出是帶，所以當作平常藥膏，其實這種藥是不可以塗在皮膚上邊去的（據岡田甫的川柳末摘花注解）。

136據出口氏注云，一名八方散，凡贅疣紅黑痣，白癜風白雲瘋均有效。本文所說，似可以療治腋臭。猢猻眼兒係罵人眼圓而凹下。

137原文云「諾諾薩瑪」，日本小兒語稱日、月、神、佛均為「諾諾」，後加敬稱「薩瑪」，中國因別無小兒用語，故無適當譯語，今只好譯其大意而已。

138意思叫他搖頭表示。

139舔娃娃是指一種用木頭或陶器做成的玩具，形似洋娃娃，但一頭可供嬰兒用嘴去舔，有地方便直叫作oshaburi，意思即是御舔或阿舔。一律四文的娃娃係四文均一的廉價玩具，不論何物每個均售四文錢。

140番太是番太郎之略。當番即是值班，凡值班在看守著的便都叫作番人，詼諧的去當作人名，又改成番太郎了。這裡是指江戶時代的制度，在街道上分區設置番小屋，即是番人值班的公所，裡邊住著番人和他的家眷，晚上拖著鐵棒查夜，平時傳達公務，有似巡丁兼任地保。收入當然很是微薄，所以番太郎那裡往往帶賣種種雜貨，如草鞋、掃帚、火盆、草紙、蠟燭，據下文可知也賣炭結。又在冬天售賣烤白薯，夏天則賣金魚，小孩所用玩具，及粗點心，亦有寄售，大抵四文一件云。

141「炭結」本應據古文作「炭墼」，《吳下田家志》載九九消夏謠云，九九八十一，家家打炭墼。今從俗寫作結，北京今稱煉炭。

142 出口氏注引山中翁說，此係今戶的泥燒玩具，在達摩肩上坐著一個繫肚兜的赤體小孩。

143 愚太係愚太郎之略，乃是小孩的小兄弟的名字。「官」字原文作「樣」，是普通的稱號，無適當的譯語，南方方言稱小孩為阿官，似尚可利用。

144《伽羅先代萩》參看前編卷下注19。乳母政岡一心為了小主人鶴喜代，甚至犧牲了自己的獨子千松也在所不惜，終於成功，是民間最得人同情的一個戲劇中的人物。

145 岩井半四郎係當時一個名優，原文寫作「半四郎」，注音卻是大和屋，這乃是他的字號。

146 上文末了這一句原本說是很是鄭重拉長，與討飯婆子高叫「請賞賜一點兒吧」有點相像，所以乳母這麼的說，譯文也只用意譯了。

147 日本家族制度根據封建禮法，偏重大宗，照例一切家產悉歸長男，作為嗣子，次男以下均不得分享，例須分出去自立門戶，或給人家當贅婿與養子。又子女分長次係男女分算，不像中國的以年歲計，所以男孩即使生在第四，也稱長男，上邊的三個女兒則依次稱長女次女三女，嗣子的權利還是屬於男孩。這裡依日本慣例，愚太郎雖生在第二，卻仍是長男而非次男，其名字便是證據。乳母所說只是幫助那小女孩的話，與事實是不相符的（例外的事如長男荒唐浪費，或別有事情，家長決定「廢嫡」，改立別的兒子為嗣，或由女兒繼承，招女婿入贅，那也是有的）。

148 此句係直譯，意思只是說你勝得他過麼罷了。

149 原文係指二十以後至四十歲的女人，蓋兼盛年中年而言，一般中年是指三四十歲，譯文因用壯年不甚妥恰，故只籠統的說是中年。這乃是藝妓出身的女人，因梅毒而塌了鼻子，她的同伴名叫阿疾。梅毒亦稱「濕氣」，音讀疾濕二字相同。

150 原文在阿瘖的說白中，都特別寫出鼻音，表示塌了鼻子，但譯文中卻無法保存了。

151 插簪是在簪上另插入裝飾品，這裡所說捆猴兒便是一種。這本係小孩的玩具，與本編卷上第八段中的「猴兒枕頭」（注159）相似，不過更小，又四腳捆緊幾乎集中一處，與頭相湊，一看好像是北瓜模樣，除作為玩具外，也做裝飾用。此處用於簪子上，乃是金屬所製的吧。

152 原文云「小間物屋」，論理也可以譯作雜貨店，不過這裡所賣的東西比一般雜物還要細一點，大抵是婦女用品，「小間」本是細字的意思，與真是出售雜貨的「荒物屋」相對。這裡所說又是擔了貨物兜售的，與中國貨郎擔很是相似，所以就這麼改稱了。若不挑擔而是店鋪，在中國舊時大概該稱作香粉店的吧。

153 「竹馬」係直譯原文，因為這種行商人所挑的擔子便叫作竹馬。這是竹籠或箱子，底下有幾寸長的四根竹子當腳，可以站著，不怕沾土，所以有此名稱。這擔子所賣的是舊衣服，零剪布片，所以下文譯文中也就稱作賣零剪的了。

154 日本衣服拆開之後，在大襟袖子之外，總計左右衣身兩片，這一片便稱作半身。

155 據出口氏注云，當是用舊布片拼湊縫成的衣服，有如妖精的蒙混人。

156 甚三原係人名，由他創始用茜草染出一種紅梅色，「過時貨」原文云「八點過的貨色」，舊時八點即現今的午後二時，過了中午已久了。

157 銀二銖即一兩的十六分之一。「四百」原文讀作「一串」，據出口氏注云係用寬永四文錢，一串百文，做四百文使用。

158 出口氏注云，係指棉衣拆開，表裡兩枚之外，另有棉絮，故有此名。三田村氏則謂是單衣，三件係指衣身、襟與袖子，說似更為簡要。

159 用作衣裡的絹材，出在秩父郡地方。

160 出口氏注云，從中國輸入的一種綢類，係用柞蠶的絲所織。

161 這當係阿瘡的丈夫的名字，原文作「不我八」，不大像人名，譯文勉強找尋同音的日本方言，換寫作香八，字面比較好看。

162 原文在下邊三處附有圖畫，在旁邊並有一個長方框，內有字三行云：這些簪子的圖見於貞享四年印本《女用訓蒙圖彙》中，距今文化七年，已有一百二十四年了。貞享四年即西元一六八七年，算到一九五五年應該相距二百六十八年了。

163 關於隱居，參看前編卷上注65。大隱居，意思是說上一代的隱居，即當代隱居的父親吧。

164 這裡原文如此，二人同說似不甚妥當，但也不能分出這是哪一個來。

165 出口氏注云，日本古時自四十歲以後，每十年祝賀一次，至足利時代末期（中國明朝中期）民間始於四十二、六十一、七十七、八十八歲時舉行慶祝。米字可以拆開為八十八，故有米壽之稱。

166日本舊俗小孩有七五三的祝賀，這裡分為男女兩項，男子在三歲五歲時，女孩在三歲七歲時，大抵於當年的十一月十五日舉行。這裡說長孫七歲的祝賀蓋是為湊熱鬧，男孩照例五歲時著袴，雖然也有在七歲舉行的。

167舊時男女孩均於三歲留髮，男孩五歲著袴，即古代的裳，女孩七歲繫帶，因為廢去紐帶而改用闊長的腰帶，故古來稱為解帶。男兒十五六歲時行冠禮，古時束髮加冠，江戶時代剃前髮結髻，表示成年。

168這一段雜說祝賀事情，只是取意於新年說好話而已，因為此類小說常於新正出版，即在本文也多說及，如卷頭「大意」末尾便是。

後記

我譯這《浮世澡堂》兩編四卷，是當作日本古典文學作品辦理的，竭力想保留它原來的意味，有時覺得譯文不夠徹透，便只好加注說明。這四卷書裡，一共有了注六百條，真是太多了，雖然我自己覺得有地方還有點不夠。這裡我想解說一句，讀者之中有只要看故事的，走馬看花的讀一遍就好，這些注沒有用處，就請跳過去好了。若是想要當作外國古典作品去瞭解它的讀者，在譯文中碰著不大明瞭的地方，查一下注解可以得到一點幫助。注已經不少了，可是現在還要來補充一點，說明兩三件事。

其一是關於澡堂的。在本文與注中已零星說及，這裡再來比較概括的一講。據久松祐之著《近世事物考》云：

「天正十九年辛卯（一五九一）夏，在今錢瓶橋尚有商家時，有人設浴堂，納永樂錢一文許人浴，是為江戶湯屋之始。其後至寬永（一六二四至一六四三年）時，自鎌倉河岸以至各處均有開設，稱風呂屋。又有湯女者，為客去垢洗髮，後乃漸成為妓女，慶安（一六四八至一六五一年）時有禁令，此事遂罷。」

講澡堂裡面的情形的，在寺門靜軒著《江戶繁昌記》二編中有「混堂」一篇，用俳諧體漢文所寫，頗為詳細。第一節總說云：

「混堂或謂湯屋，或呼風呂屋。堂之廣狹蓋無常格，分劃一堂作兩浴場，以別男女，戶各一，當兩戶間作一坐處，形如床而高，左右可下，監此而收錢戒事者謂之番頭。並戶開牖，牖下作數衣閣，牖側構數衣架，單席數筵，界筵施闌。自闌至室中溜之間盡作板地，為澡洗所，當半通溝，以受餘湯。湯槽廣方九尺，下有灶爨，槽側穿穴，瀉湯送水，近穴有井，轆轤上水。室前面塗以丹雘，半上牖之，半下空之，客從空所俯入，此謂柘榴口，牖戶畫以雲物花鳥，常閉不啟，蓋蓄湯氣也。別蓄淨湯，謂之陸湯，爨奴秉勺，謂此處曰呼出，以奴出入由此也。奴曰若者，又曰三助，今皆僭呼番頭，秉勺者曰上番，執爨者曰爨番，間日更代。又蓄冷水，謂之水舟，浮斗任斟。陸湯水舟，男女隔板通用焉。小桶數十，以供客用，貴客別命大桶，且令奴摩澡其脊，及睹其至，番公柝報，客每屆五節，投錢數緡酬其勞云。堂中科目大略如左，曰官家通禁宜固守也，男女混浴之禁最宜嚴守，須切戒火燭，甚雨烈風收肆無定期，老人無子弟扶持者謝浴焉，病人惡疾並不許入，且禁赤裸入戶，並手巾罩頰者。月，日，行事白。」

篇中又描寫浴客情狀，亦頗巧妙，大部分卻與《浮世風呂》相似，蓋三馬著書四編成於文化九年（一八一二），靜軒書則在天保五年（一八三四）出版，承襲情形顯然可見。如云：

「外面浴客，位置占地，各自磨垢。一人擁大桶，令爨奴巾背。一人挾兩兒，慰撫剃頭，弟手弄陶龜與小桶，兄則已剃在側，板面布巾，舒捲自娛。就水舟漱，因睨窺板隙，蓋更代藩士（上京值班的武士），踞隅前盆，洗灌犢鼻，可知曠夫。男而女樣，用糠精滌，人而鴉浴，一洗徑去。醉客噓氣，熟柹送香，漁商帶腥，乾魚曝臭。一環臂墨，若有所掩，滿身花繡，似故示人。一撥振衣，不欲受汶汶也，赤裸左側，惡能浼乎。浮石摩踵，兩石敲毛，披衣剪爪，乾身拾蝨。」又云：

「水潑桶飛，山壑將頹，方此時也，湯滑如油，沸垢煎膩，衣帶狼藉，腳莫容投。女湯亦翻江海，乳母與愚婆喋喋談，大娘與小婦聒聒話。飽罵鄰家富貴，細辨伍閭長短。訕我新婦，訴我舊主。金龍山觀音，妙法寺高祖，並涉及其靈驗，鄰家放屁亦論無遺焉。」此係同時代文人所寫，很足以供參考，補注文之不足，其有瑣屑學三馬的敘述，古文彆扭，今且從略。

其二是關於落語的。落語在日本成為一個定名，在中國可以說即是「笑話」，不過現在沒有這一種專門的「說話人」罷了。原版的《浮世風呂》，在標題上頭寫著兩個字道「諢話」，這就表明它是從笑話的系統裡出來的。又在卷頭一葉插畫裡，下半畫著夥計坐在帳臺上的情形，（兩旁的一幅對子卻非日本所有，乃是從《清俗紀聞》卷二抄來的，雖然不知道中國浴堂在清朝是否如此），上半刻著作者的一段聲明，後來

編訂的人不把它算在本文之中，其實卻是很有意義的。原文十三行，今譯錄於下：

「一天晚上在歌川豐國的寓裡，聽到三笑亭可樂的落語。照例的能說會道，善通人情，詼諧無比，只可惜其趣向僅能陳述十分之一。旁有書肆中人，同我們一起感覺歡笑，忽發欲望，提議以此浴堂的故事為本，省去花街柳巷的事情，卻增補些俗事的可笑部分，請為編寫。乃應其所需，先試寫男堂之部為前編二卷。」

這裡更是明白的說明所受落語的影響，而這說話人更是有名字的三笑亭可樂。據三田村氏說，江戶舊有笑話書，有人在路旁擺攤說笑話的，也有兩個人對說像是中國的「相聲」的，但是獨說較長的笑話，而且在屋裡的，這在江戶成立很晚，而開始的人就是這位可樂。他本來是木梳店的一個工人，本名是又五郎，寬政十年（一七九八）在下谷的一個廟裡，同了兩三個朋友初次試辦，只搞了五天就中止了。到了文化元年（一八〇四）才又在下谷廣德寺前的孔雀茶屋，開辦夜講，這以後似乎成功了，但文化六年三馬寫前編那年，聽到可樂的落語還是在朋友家裡，這以後才有專演說書落語等雜耍的「寄席」，到了文化十二年，江戶市中一總已有七十五處，可見那一時期的落語的勢力了。

落語即是諢話，因為笑話說到末尾著落處，有一緊要結束語，使人發笑，這便叫作「落」，所以名為落語。在寄席說落語的情形，我們還是來借用《江戶繁昌記》裡的話吧，因為這是當時人的見聞，所以很是真實。原文第三節云：

「落語家一人上，納頭拜客，篦鋪剃出（案此云剃頭鋪的徒弟），儒門塾生，謂之前座。旋嘗湯滑舌本，帕以拭喙（原注，摺帕大如拳），拭一拭，左右剪燭，咳一咳，縱橫說起。手必弄扇子，忽笑忽泣，或歌或醉，使手使目，踦膝扭腰，女樣作態，傖語為鄙，假聲寫娼，虛怪形鬼，莫不極世態，莫不盡人情，落語處使人絕倒捧腹不堪。剃出始下，此為一齣，名此時曰中入（案即戲半休息）。於是乎忍便者如廁，食煙者呼火，渴者令茶，饑者命果。技人乃懸物賣鬮。早見先生上座，親方（案如曰老頭子，原稱同業同幫的頭兒，今指落語大家，即前座的師父輩）是也。三尺喙長，辯驚四筵，今笑妙於向笑，後泣妙於前泣，親方之粹，剃出何及，人情穿鑿，世態考證，弟子固不若焉爾。」靜軒後七十五年，森鷗外著《性的生活》，寫十一歲時在寄席聽落語的情形云：

「剛才饒舌著的說話人起來彎著腰，從高座的旁邊下去了，隨有第二個說話人交替著出來。先謙遜道，人是換了，卻也換不出好處來。又作破題道，爺們的消遣就是玩窯姐兒。隨後接著講工人帶了一個不知世故的男子到吉原去玩的故事。這實在可以說是吉原入門的講義。我聽著心裡佩服，東京這裡真是什麼知識都可以抓到的那樣便利的地方。我在這時候，記得了元寶領受這句奇妙的話。但是這句話我以後在寄席之外永遠沒有遇著過，所以這正是在我的記憶上加以無用的負擔的言詞之一。」算起來這是明治三年（一八七〇）的事，距今也已有八十五年了。

三馬這部《浮世風呂》，加上那別一部《浮世床》，所以如三田村氏所說，可以說是日本的落語小說。他借了澡堂作為舞臺，讓那些男男女女、老老少少走上臺來，對唱說白，表現自己，利用說話人的經驗手法，是很巧妙的作法。他又依照書肆中人的說話，省去了花街柳巷的事情，更顯出新的機杼來。堀舍次郎（雙木園主人）在《江戶時代戲曲小說通志》中說得對：

「文化六年所出的《浮世風呂》是三馬著作中最有名的滑稽本。此書不故意以求人笑，然詼諧百出，妙想橫生，一讀之下雖髯丈夫亦無不解頤捧腹，而不流於野鄙，不陷於猥褻，此實是三馬特絕的手腕，其所以被稱為斯道之泰斗者蓋亦以此也。」

但是這落語小說在本質有它的短處，這是無可如何的事情。因為笑話不能說得太長，日本演落語一則不知道要多少時間，我想總不能多過十分鐘吧，因此無法寫成長篇的小說，要用好些小篇連接起來，又苦於斷斷續續的，沒有貫串的線索。本書每編差不多就要有十個以上的場面，只因為內容好玩，所以勉強撐住的。可是，這如拖得太長了，就難免要顯出單調來，這在作者本來也是很明瞭的。三馬最初寫的是前編兩卷，這表明他原意只想來寫兩編就完了，但是因為前編生意不壞，所以接下去寫了二編，後兩年裡又刊出了三四編，後邊廣告上還說有五六七編陸續出版，結果不曾實現，雖然在四編出書之後他還活了九年，直到四十七歲時這才去世。由此可知作者自已知道，這書不能盡續下去，那三四編已經是後來增加，照他本來計畫大概原只是前後編男女堂各兩卷罷了。這回翻譯最初也曾想把四編全部譯出，因為譯注工作繁重，分量太多了，恐怕讀者要感覺單調，也不大好，所以只以前兩編為限，如果將來有全譯的要求，那時當再考慮這個問題。

其三是關於武士的。日本有批評家說《浮世風呂》只是逗笑，至少對武士沒有表示什麼諷刺。這批評是正確的，但是替三馬設想，這澡堂的舞臺上實在沒有用武之地，這是可以瞭解的事。不過一般的想來，日本笑話上的確也少有挖苦武士的。在社會事實上曾經有過市民（町人）與武士的衝突，所謂市井俠客（町奴）與旗下俠客（旗本奴）的鬥爭一時很是猛烈，經政府彈壓這才逐漸下火。市井俠客首領幡隨院長兵衛的故事至今膾炙人口，在歌舞伎上是頂有聲名的一齣戲。事情過去了，但是遊俠的風氣還留遺在市井間，特別在博徒與水龍隊員那裡，本書前編第十八段與醉漢爭吵的豪傑可以說是這一路的人物，而那個醉漢雖然不明說，可能代表武士這一流人的吧。在室町幕府時代（十五六世紀），日本狂言裡還寫過些傻侯爺怯武士，那時幕府獎勵能樂狂言，所以似不妨說，而且看的統治階級以為是在說「他們」，與自己是不相干的。到了江戶時代，德川幕府更聰明了，一味提倡儒教，一切「下克上」的表現是不能容許的了。笑話裡邊偶爾有一兩則，如《座笑土產》中「新刀」，其文云：

「有人得到一把新刀，召集朋友說，今天晚上去試這把刀，大家都來看吧。走到人跡稀少的地方，看見在橋上躺著的一個乞丐，映著月光看去，倒是個胖胖的傢伙。

喂，就試斬那個傢伙吧。說著嗖的拔出刀來，拍的一下砍著，大家散開又聚到一起來。主人說，不用這麼逃，是斬著了吧？回答說，的確斬著，而且砍著了橋板了。喂，那麼去看一下吧！回轉來到了橋邊，站在乞丐的前後，那乞丐蠢蠢的爬起來喝道，又來打我了麼？」

這裡不但譏笑新刀之鈍，武士之怯，一面也表示武人橫暴的痕跡，即是「試斬」。晚上拿了新刀，在路上等獨身人經過，把他殺了用以試刀，如遇著武士當然要抵抗，不免互有殺傷，所以這犧牲當然是落在平民身上了。這種笑話到底還是少數，而且它之所以被賞識，還是由於嘲笑鈍刀與怯人，仍舊是當作自己以外的「他們」的事情去看的。

不過日本的諷刺文學到底也不曾放過了武士，這班老爺們在諷刺詩川柳上是一個好主顧，雖然大都限定於上京值班的鄉下武士。他們土頭土腦，穿著淺藍布裡子的衣服，到吉原去逛窯子，到上野淺草的茶攤去吊膀子，到處碰釘子，給予川柳作家許多好材料。可是這乃是屬於別一個項目，現在可以略掉不說下去了。

一九五五年十月

（周美和整理）

國家圖書館出版品預行編目(CIP)資料

浮世澡堂 / 式亭三馬著 ; 周作人譯. --
初版. -- 臺北市 : 大塊文化, 2018.03
面 ;　公分. -- (Catch ; 235)
ISBN 978-986-213-872-4(平裝)

861.565　　107000457

LOCUS

LOCUS